한시감상

옛 우물에서 길어 올린 오늘의 詩情

# 물속엔 산꽃 그림자

신 경 주

어문학사

시골집 앞뒤로 봄물이 질펀하니
날마다 찾아오느니 무리지은 갈매기라.
좁은 꽃길 손님 위해 쓸어본 적 없는데
쑥 대문 이제야 그대 위해 열었다오.

客至(객지)
손님이 찾아오다.

—두보—

책머리에

언젠가 잡지에 실린 사진 한 장을 한참동안 보았던 적이 있다. 어느 예술
가의 거처로, 텅 비어 있는 강당 같이 휜칠하게 큰 방이었다. 분위기 있는
장식도, 실용적인 물건들도 없는 그냥 텅 빈 방이었는데 왠지 그 넓고 빈
곳이 내 시선을 놓아주지 않았다. 그 큰 공간 속에서 이리저리 뒹굴고 쉬
고, 사색하고 창작하고, 차 마시고 밥 먹고 할 그 사람을 상상하노라니 내
마음이 한없이 여유로워지는 것이었다.

그러고 보니 빈 곳이 좋아지기 시작한 지가 제법된 것 같다. 예전에 마음
먹고 들여 놓았던 식탁과 피아노와 소파 같은 것들을 기회 있을 때마다
하나씩 치우고, 새로 생긴 그 공간을 흐뭇하게 즐긴다.

나에게 있어 한시 감상이란 삶의 잡동사니들을 치워버리고 마음의 빈 곳
을 만들고 즐기는 작업이다. 그곳에서 나는, 내 마음을 시인의 마음에 조
심스레 포개어 놓고 나직이 탄식하고 가만히 기뻐하고 울컥 눈물짓는 것이
다. 그렇게, 거기까지는 즐겁고 좋았다.

문제는 그런 나만의 느낌을 타인들과 공유하고자 마음먹은 데 있다. 종종
아우트라인을 넘어서 버리는 내 느낌을 따르자니 원문이 걸리고, 원문에

충실하자니 느낌이 제대로 전해지지 않는 것 같았다. 직역과 의역 사이에서 적절히 균형을 잡는 일은 문학작품 번역에 수반되는 지극히 당연한 문제지만, 여기서도 그것은 고심거리였다. 고심 끝에, 적절한 균형을 얻지 못할 바에는 지나친 의역보다는 차라리 소박한 직역 쪽으로 기우는 편이 낫겠다는 생각을 하게 되었다. 화려한 의역에는 자칫 역자의 자의(恣意)가 스며들 위험이 있음을 보아 왔기 때문이다. 그런 까닭에 여기서는, 간혹 의역의 비중이 높아진 부분도 있지만 대체로 지나친 의역을 피하고자 했으며, 대신 감상은 별 제한을 두지 않고 자유롭게 감정의 흐름을 따랐다. 그 흐름이 독자들의 마음에까지 가 닿기를 빌며 졸역과 설익은 느낌들을 감히 드넓은 세상으로 내보낸다.

번역 및 내용 전반에 대해 제현(諸賢)의 애정어린 질정(叱正)과 조언(助言)을 들을 수 있는 기회가 있다면, 배움의 노정(路程)에 요긴한 디딤돌로 삼으려 한다.

2011년 6월  신경주

# 책머리에

**역자 후기**

# 水中山花影 <small>수중산화영</small>

## 물속엔 산꽃 그림자

양만리(楊萬里 : 宋)

閉轎那知山色濃
폐교나지산색농

가마 문 닫혀 있으니 산 빛 짙은 줄 어찌 알랴?

山花影落水田中
산화영락수전중

산꽃 그림자 떨어져 무논 중에 잠긴 것을.

水中細數千紅紫
수중세수천홍자

물속에 울긋불긋 수많은 꽃송이들

点對山花一一同
점대산화일일동

산꽃에 대어 보니 하나하나 꼭 같구나!

---

* 轎(교) : 가마
* 那(나) : 어찌
* 濃(농) : 짙다
* 紅紫(홍자) : 붉은 빛과 보랏빛. 울긋불긋한 꽃
* 点(점) : 점찍다

짙어가는 초록 산 빛 사이사이 울긋불긋 꽃이 피어 한창이다.

그 풍경 속을 가마 한 채가 지나간다. 혼행길 신부의 가마일까?

신랑은 환한 햇살 속에 산천 경치를 보며 말 위에 앉아

앞장 서 가고 있는지도 모른다. 그러다 화사한 산꽃에 눈길이 가는데

꽃은 산에만 피어 있는 것이 아니라 산 아래 무논에도 피었다.

찰랑찰랑한 논물에 무수한 꽃이 비쳐 화려한 거울 속 같다.

물속의 꽃 그림자를 산에 핀 꽃하고 대어 보니 한 송이 한 송이가 꼭 같다.

감탄이라도 하는 듯하다. 꽃 그림자가 꽃하고 꼭 같은 것이

신기한 일일까마는, 당연한 그 모양도 맑고 풋풋한 마음에는

유난히 선명하게 찍히는 것이리라.

이 아름다운 광경을 가마 속에 있는 신부는 보지 못한다.

산 빛이 이리 짙은 줄도, 꽃 그림자가 무논 속에

이리 아름답게 잠겨 있는 줄도 모르니

신랑은 그것이 안타까운 것이다.

곁에 사람들이 없다면 가마 문을 열고 보여줄 텐데 그럴 수도 없다.

아쉬운 마음에 어쩌면, 남몰래 꽃가지 하나 가마 속으로

건네주었을지는 모를 일이다.

# 山中與幽人對酌 산중여유인대작
## 산중의 대작

이백(李白 : 唐)

**兩人對酌山花開**
양인대작산화개

마주 앉은 술자리에 산꽃이 피어나니

**一杯一杯復一杯**
일배일배부일배

한 잔 한 잔 또 한 잔 취흥이 한이 없다.

**我醉欲眠卿且去**
아취욕면경차거

나는 취해 자려니 자네 그만 가보게나.

**明朝有意抱琴來**
명조유의포금래

밝는 아침 생각 있거든 거문고 안고 다시 오게.

---

* 山中與幽人對酌(산중여유인대작) : 산중에서 유인과 함께 대작하다.
* 幽人(유인) : 세상을 피해 숨어 사는 사람
* 對酌(대작) : 마주 앉아 술을 마심.
* 開(개) : 꽃이 피다
* 欲(욕) : 하고자 하다
* 卿(경) : 남을 높여 부르는 말

산중에서 벗과 마주한 술자리 곁에 산꽃이 피어 있다.
술 향기에 꽃향기까지 어우러져 취흥을 돋운다.
달빛 아래 홀로 술을 마시면서도 흥에 겨울 수 있는
풍류남아 이백이 아닌가?
술이 있고 꽃이 있고 잔 주고받을 벗이 있으니 술맛이 더욱 달다.
한 잔 한 잔 또 한 잔, 잔을 기울이다 보니
술동이는 어느새 비고 취기는 온몸을 나른하게 휘감는다.
여보게, 나는 취해 졸립네. 자네도 그만 돌아가 쉬게.
그리고 내일 아침 다시 즐기고 싶거든 거문고 안고 오게나.
자네 거문고 타면 내 노래 부르고 꽃 보며 또 노세 그려.
호방(豪放)한 시인의 성품이 취중에 더욱 걸림이 없다.
취했으니 자면 그만, 주인이 먼저 자면 손님에게
결례가 되지 않을까 저어하는 기색은 추호도 없다.

함께 취한 벗 또한 세상을 벗어난 은자(隱者)라,
자질구레한 세속 예절쯤은 가볍게
뛰어넘은 사람이니 군더더기가 피차 필요 없다.
술 생각나서 마셨고 잠이 오니 잔다.
다음 날 놀고 싶으면 거문고 안고 와도 좋고
아니면 그냥 누워 있어도 그만이다.
도무지 걸림이 없고 작위(作爲)가 없으니
그대로 자유인이요 자연인이다.
술이 있고 친구가 있다고 그럴 수 있는 것은 아니다.
몇 날 며칠 쉴 수 있는 여가가 있다고
누구나 가질 수 있는 여유가 아니다.
그렇지만 우리 세속인들도 할 수만 있다면
그런 마음을 가져보고 싶다.

꼭 술이 아니라도 괜찮다.

비록 세상의 틀 안에서 허우적거리며 살더라도

한 번쯤은 움켜쥐고 있던 것 다 놓아버리고,

그렇게 현실 밖으로 너울대고 싶은 것이다.

그런 시간을 누린 뒤에 다시 맞는 일상(日常)은

전보다 훨씬 윤기가 흐를 것이다.

가슴속 깊은 곳에서 한동안은 맑은 샘물이 솟아날 것이다.

# 夏意 하의
## 여름날의 정취

소순흠(蘇舜欽 : 宋)

別院深深夏簟淸　　별당 깊숙한 방에 대자리 시원한데
별원심심하점청

石榴開遍透帘明　　활짝 핀 석류(石榴)꽃 주렴(珠簾)에 비쳐 환하네.
석류개편투렴명

松陰滿地日當午　　솔 그늘 가득한 마당 여름 해는 한낮인데
송음만지일당오

夢覺有鶯時一聲　　때마침 꾀꼬리 울어 낮 꿈에서 깨어난다.
몽각유앵시일성

---

* 簟(점) : 대자리
* 透(투) : 환히 비치다
* 帘(렴) : 장막. 발
* 當午(당오) : 정오
* 覺(각) : (잠이) 깨다

번다한 일과 한여름 더위를 피하기엔
조용한 후원의 별채가 제격이다.
처마 깊은 방 안엔 시원한 대자리가 깔려 있고
열린 방문에 드리워진 주렴 사이론 서늘한 바람이 불어온다.
고즈넉한 마당엔 석류나무 붉은 꽃이 만발해 있어
방 안에서 보아도 주렴(珠簾) 밖이 환하다.
시원한 옷차림으로 서안(書案)을 마주하고 소리 내어
책을 읽는데, 책 읽는 소리는 점점 낮아지고 어느새
스르르 잠이 든다. 꿈결에 어렴풋이 꾀꼬리 소리가 들려와
잠에서 깨어나니, 얼마를 잤는지 해가 중천이라.
주렴을 들치고 마당가에 내려서자
인적 없는 마당엔 솔 그늘만 가득하다.
청산이 따로 없고 산중 생활이 따로 없다.
솔 그늘 가득한 고요한 이곳이 청산이요,
한가한 이 하루가 산중 생활인 것이다.
굳이 대문을 나서서 멀리 찾아가지 않고도
산중의 유한(幽閒)을 불러오는 여름 나기,
참으로 격조 높은 피서(避暑)가 아닌가.
여름은 피하고 싶은 더위가 있어 괴로운 것이 아니라
청량(淸涼)한 여름날의 정취가 있어
또한 좋은 한 시절인 것이다.

# 送人 송인

## 님을 보내다

정지상(鄭知常 : 高麗)

雨歇長堤草色多
우헐장제초색다

비 그친 긴 강둑엔 풀빛 한결 푸른데

送君南浦動悲歌
송군남포동비가

남포에서 그대 보내니 슬픈 노래 마음에 이네.

大同江水何時盡
대동강수하시진

대동강 물이야 어느 땐들 마르랴

別淚年年添綠波
별루연년첨녹파

이별의 눈물이 해마다 푸른 물결을 보태는데.

* 歇(헐) : 다하다, 그치다
* 堤(제) : 둑, 방죽
* 多(다) : 많다, 붇다
* 南浦(남포) : 지명. 대동강 하구에 있는 포구(浦口)

물가의 이별은 사람의 마음을 한층 애절하게 만드는 무언가가 있다.

뭍으로 떠나는 이별이란 그래도 뒤돌아보며 머뭇거려 볼 여지라도 있지.

진정 아쉬우면 못다 한 말이라도 있는 양 돌아와 손이라도 한 번 더 잡아

보고 떠날 수도 있지.

하지만 물길에서는 배가 한 번 떠나면 그만이다. 단 한 걸음도 머뭇거리

거나 어찌해 볼 여지가 없다. 강물이나 바닷물은 절벽처럼 단호히,

떠나고 보내는 양편을 그대로 갈라놓고 만다.

아무리 미진(未盡)한 마음이 있은들 그저 눈물 흘리며 얼굴이 가물가물 멀

어지도록 바라보는 수밖에 없는 것이다.

출발을 유예(猶豫)시켜주던 비가 그치자 님을 보내려 강가로 나왔다.

남포의 긴 강둑에는 비를 흠뻑 맞은 봄풀의 초록빛이 한결 선명하고,

배 떠날 포구엔 웅성거리는 사람들로 활기가 가득하다.

그러나 님을 떠나보내는 내 마음엔 슬픈 노래가 출렁인다.

푸른 비단폭인 듯 아름답게 펼쳐져 있는 강의 풍경도 오늘은

기쁨이 되지 않는다.

슬픔으로 가득한 마음엔 넘실넘실 흘러가는 저 강물이 무정하기만 한데,

대동강 물은 세월이 아무리 흘러도 결코 마르지 않을 것이다.

이 강가에서 이별하는 수많은 사람들이 연년세세(年年歲歲) 끊이지 않고

강물을 보탤 것이니. 배가 보이지 않을 때까지 그 자리에 선 채

푸른 물결 위로 눈물 흩뿌릴 것이니.

〈이 시는『농분선(東文選)』에는 '送人',『대동시선(大東詩選)』에는 '大同江'이란 제목으
로 수록되어 있음〉

# 詠笠 영립

## 삿갓

김병연(金炳淵 : 朝鮮)

浮浮我笠等虛舟
부부아립등허주

떠다니는 내 삿갓 물결 위의 빈 배 같은데

一着平安四十秋
일착평안사십추

한 번 쓰니 그 아래서 사십 년이 평안했네.

牧竪行裝隨野犢
목수행장수야독

소 치는 아이 차림으로 들 송아지 따라가고

漁翁本色伴江鷗
어옹본색반강구

어옹의 행색으로 강 갈매기 벗하네.

* 詠笠(영립) : 삿갓을 읊다
* 浮浮(부부) : 가는 모양
* 等(등) : 같다
* 着(착) : 입다. 머리에 쓰다
* 牧竪(목수) : 목동

閒來脫掛看花樹
한래탈괘간화수

한가하면 목에 걸고 꽃가지 구경하고

興到携登咏月樓
흥도휴등영월루

흥이 일면 벗어 들고 달 읊는 누각에 오른다.

俗子衣冠皆外飾
속자의관개외식

속인(俗人)들 의관은 모두 다 겉치레니

滿天風雨獨無愁
만천풍우독무수

비바람 몰아칠 때면 나홀로 근심 없어라.

* 犢(독) : 송아지
* 脫(탈) : 벗다
* 掛(괘) : 걸다
* 飾(식) : 꾸미다

조선 후기의 방랑 시인으로 유명한 김입(金笠)의 작품이다.

그 특이한 생애와 재기(才氣) 넘치는 시(詩)는 일찍이 세인들의 관심과

흥미를 끌기에 충분했으니, 양반 가문의 후예로 폐족(廢族)이 된 집안

내력(來歷)과 그가 일생을 떠돌며 수많은 방랑시(放浪詩)를 남기게 된 사연

(事緣)에 대해서는 '김삿갓'이라는 그의 속칭과 함께 세상에 널리 알려져

있다.


삿갓과 함께 한 허허로운 방랑생활이 속기(俗氣)를 벗은 시정(詩情)에

실린다. 길 위를 떠가는 내 삿갓은 물결따라 흘러가는 빈 배를 닮았다.

얼굴도 이름도 없어진 내가 삿갓이 되어 발길 닿는 대로

세상을 둥둥 떠다닌다.

이 삿갓을 쓰고 떠돈 지 어느덧 사십 년, 그 아래서 치욕과 울분을 삭이고

거친 세상의 비바람을 피하니 그 작은 그늘이 평안한 나의 집이다.

부귀영화나 입신양명이야 어차피 내 몫이 아닌 것을,

헛된 세상에 아부(阿附)해 백 년 못 되는 인생을 구차히 살 까닭도 없다.

바람이 되어 먼지 가득한 세상을 휩쓸고, 물이 되어 유유히 흐를 뿐이다.

어느 땐 목동인 양 들판의 송아지 따라 들길을 가고,

어느 땐 어옹인 양 강가에서 갈매기를 벗하기도 한다.

마음이 한가하면 삿갓 젖혀 목에 건 채 꽃가지를 구경하고,

흥이 나면 벗어 들고 누각에 올라 달을 읊는다.

좋을 때도 삿갓은 정다운 벗이지만,

길 가다 풍우(風雨)를 만날 때면 더욱 미더운 동행이 된다.

세상 사람들 점잖은 의관이야 보기엔 좋아도

비바람 만나면 낭패(狼狽)를 보지만,

나는 삿갓을 쓰고 있으니 비바람 몰아쳐도 아무 걱정이 없다.

삿갓 쓰고 바람처럼 자유롭게 사는 내가 겉치레와 온갖 잡사(雜事)에 매여

사는 속인(俗人)들보다 낫지 않은가?

의식주를 남에게 의지하며 부유(浮游)했던 삶이

어찌 편하고 좋기만 했으랴?

그런데도 삿갓 아래 사십 년이 평안했다니,

한가한 마음으로 꽃구경하고 달 보며 흥을 풀었더라니…….

아마도 그의 내면에 속되고 거친 세상을 조롱해 뛰어넘을 수 있는 기개가

있고, 자연을 느끼고 한가함을 즐길 줄 아는 여유로움이 있었던 것이리라.

그에게 시(詩)가 있었기 때문이리라.

행복한 삶이라 말할 수 없을 한 인생이, 높은 벼랑 위에 우뚝 서 있는

낙락장송(落落長松)처럼 의연하고 아름다워 보인다.

# 采蓮子 채연자
## 연밥 따는 소녀

황보송(皇甫松 : 唐)

船動湖光灩灩秋
선동호광염염추

출렁이는 가을 호수에 두둥실 배 띄우곤

貪看年少信船流
탐간연소신선류

물결에 배를 맡긴 채 소년을 마냥 훔쳐봤네.

無端隔水抛蓮子
무단격수포연자

실없이 호수 건너로 연밥을 던졌다가

遙被人知半日羞
요피인지반일수

먼 데 사람에 들켜서 한나절 부끄러웠네.

---

* 采蓮子(채연자) : 연밥을 따다.
* 灩灩(염염) : 물결이 출렁거리는 모양
* 信(신) : 맡기다
* 無端(무단) : 단서가 없음. 까닭이 없음.
* 抛(포) : 던지다
* 被(피) : 당하다(※수동의 뜻을 나타내는 말)
* 半日(반일) : 한나절

수면 가득 연잎과 꽃으로 덮였던 여름 호수의 풍성함이,
가을이 되자 여기저기 꽃 진 자리마다
다소곳이 솟은 연밥으로 남아 있다.
꿈 많은 한 소녀가 연밥을 따려고 호수에 조각배를 띄웠다.
출렁이는 물결 위로 노를 저어 가는데 호수 저쪽에
아름다운 한 소년의 모습이 보인다.
웬일인지 자꾸만 마음이 끌려 눈길을 거두지 못한다.
노 젓는 것도 잊은 채 마냥 바라보노라니,
배는 그저 물결따라 가볍게 흔들리고…….
넓은 호수는 고요하기만한데 공연히 열쩍은 소녀는
연밥을 따서 저 건너 소년 쪽으로 던져 본다.
아무도 모르라고 살짝이 던진 것인데 그만 멀리
건너편 사람에게 들켜 버렸다. 이를 어쩌나!
어쩌다 내어 본 용기가 순식간에 부끄러움이 되어
혼자 얼굴이 붉어진다.
그 부끄러움이 한나절이나 갔더라니…….
그렇게 부끄러울 걸 연밥 던질 용기는 어찌 내었을고?
노는 모양이 상큼해 슬며시 웃음을 짓게 된다.
가지에서 막 따낸 빨갛게 익은 사과를
으썩 한입 베어 무는 느낌이다.

## 江畔獨步尋花 강반독보심화

### 꽃 찾아 강가를 헤매다

두보(杜甫 : 唐)

江上被花惱不徹
강상피화뇌불철

아득한 강변 꽃으로 덮여 마음 가눌 길 없는데

無處告訴只顚狂
무처고소지전광

어디라 말할 곳 없어 안타깝기 그지없네.

走覓南隣愛酒伴
주멱남린애주반

달려가 남쪽 이웃 술벗을 찾았더니

經旬出飮獨空床
경순출음독공상

술 찾아 나간 지 열흘에 빈 침상만 쓸쓸하네.

---

* 江畔獨步尋花(강반독보심화) : 꽃을 찾아 홀로 강변을 걷다.
* 徹(철) : 거두다. 제거하다
* 告訴(고소) : 하소연하다
* 顚狂(전광) : 미치다
* 覓(멱) : 찾다
* 經(경) : 지나다. 세월이 가다

흐드러진 봄꽃 위로 두보의 푸른 우수(憂愁)가 출렁이고 있는 시(詩)이다.

부드러운 봄바람이 얼굴에 스치자 마음엔 잔잔한 물결이 인다.

누가 불러내기라도 하는 듯 집을 나서니 길을 따라 여기저기 화사한

꽃들이 피어 있다. 강변에 다다르니 그야말로 꽃천지다.

꽃들은 무리지어 화려한 무늬의 카펫처럼 아득히 강변을 뒤덮고 있다.

난만(爛漫)한 꽃들을 보며 그 사이로 이리저리 헤매는 마음은

흐뭇하기 짝이 없다.

하지만 어쩐 일인가? 기쁘고 흐뭇한 그 마음이 전부는 아니다.

또 다른 느낌, 그것은 가슴속 어딘가에서 짙은 안개처럼 피어오르는

까닭 모를 아릿함이며 가눌 길 없는 안타까움이다.

무어라 호소할 수도 없는 괴로움 같은 것이다.

술이라도 마시며 그런 마음을 풀어보려 벗을 찾아 달려 갔더라니.

그러나 그 벗 또한 어느 꽃바람에 불려 갔는지 술을 찾아 나간 지

열흘이나 되었단다. 가깝지 않은 길을 한달음에 달려왔건만

벗은 없고 덩그러니 빈 침상만 남아 있다.

허탈하고 막막한 심정은 길게 말하지 않아도 짐작이 가고 남는다.

개화의 절정에서 무단(無端)히 앓는 마음의 병인가?

아니, 꼭 무단하지만은 않으리.

눈이 아리도록 선명한 붉은 꽃,
자지러질 듯 밝은 샛노란 꽃,
처연한 하얀 꽃,
수줍은 듯 은은한 연분홍, 화사한 꽃분홍…….
대지가 하늘을 향해 수줍게 뿜어낸,
아찔하도록 현란한 빛깔의 바다…….
시인은 아무런 작정도 없이 그 바닷속으로 들어가
빛의 파도를 타고 표류한다.
여리고 부드러운 꽃잎의 감촉에 휘감기며,
너울처럼 엄습해오는 꽃향기를 따라 출렁이며.
이 아름답고 고단한 표류를 감당하느라 시인의 마음이
그만 '몸살'이 난 것이리라.
두보가 앓았을 아름다운 그 병을
우리는 '꽃몸살'이라 불러도 좋을 것이다.

# 牧童 목동

## 소치는 아이

정인홍(鄭仁弘 : 朝鮮)

短短簑衣露兩臂
단단사의노양비

짤막한 도롱이 아래 두 팔이 드러나고

童童小髮掩雙眉
동동소발엄쌍미

마구 자란 더벅머리 양 눈썹을 가리네.

斜陽坐着黃牛背
사양좌착황우배

빗기는 햇살 아래 누렁소 등에 걸터앉아

雨過平原睡不知
우과평원수부지

들판에 비 지나가도 조느라 알지 못하네.

---

* 短短(단단) : 짧은 모양
* 簑(사) : 도롱이(※띠 · 짚 따위로 몸을 둘러 가리도록 만든 우장)
* 臂(비) : 팔
* 童童(동동) : 지엽(枝葉)이 무성한 모양
* 髮(발) : 머리털
* 睡(수) : 졸다

비가 오락가락하는 날씨에 아이가 들판으로 소를 먹이러 나간다.
짤막한 도롱이는 몸을 다 가려 주지 못해 두 팔이 드러나 있고
마구 자란 머리는 덥수룩이 눈썹까지 내려와 있다.
숯으로 스윽 그린 듯 짙은 눈썹 밑에는 두 눈동자가
또록또록한데 햇볕에 그을린 얼굴에 입매가 야무지다.
풋풋하고 자연스러운 그 모습이 초목과도 어울리고 바위와도 닮았다.
해가 넘어가려 하자 낮 동안 먹을 만큼 꼴을 먹은 소를 데리고
집으로 돌아갈 참이다. 여느 때처럼 몰고 가지 않고 어인 일인지
오늘은 등에 올라 느긋하게 걸터앉았다.
느릿느릿 소가 발을 뗄 때마다 가볍게 흔들리며 석양을 등지고
들판을 가로지른다.
편편치 않은 소 등을 타고 앉았으면서
대청마루에라도 앉은 양 태평하다.
태평하다 못해 졸기까지 하는데 들판에
가랑비가 내렸다 그친 것도 모르고 그대로 간다.
소는 어린 주인을 태운 채 한 걸음 한 걸음 제 걸음으로 가고,
아이는 우직한 그 걸음을 믿고서 한 폭 그림이 되어
끄덕끄덕 졸면서 간다.
누렁소 등을 타고 단잠을 자는 맹랑한 목동이라니, 참.
흙과 바위 냄새를 풍기는 야생(野生)의 건강함이
보기 좋고 대견해 더벅머리의 어깨라도 한번 툭 쳐주고 싶다.

# 客至 객지
## 손님이 찾아오다

두보(杜甫 : 唐)

舍南舍北皆春水  시골집 앞뒤로 봄물이 질펀하니
사남사북개춘수

但見群鷗日日來  날마다 찾아오느니 무리지은 갈매기라.
단견군구일일래

花徑不曾緣客掃  좁은 꽃길 손님 위해 쓸어본 적 없는데
화경부증연객소

蓬門今始爲君開  쑥 대문 이제야 그대 위해 열었다오.
봉문금시위군개

---

* 舍(사) : 집
* 鷗(구) : 갈매기
* 蓬門(봉문) : 쑥대로 엮어 만든 문. 가난한 사람의 집, 또는 은자(隱者)의 집을 이르는 말이기도 함.

盤飱市遠無兼味　　저자 멀어 밥상엔 좋은 반찬 못 차리고
반손시원무겸미

樽酒家貧只舊醅　　없는 집이라 술동이엔 다만 묵은 막걸리뿐.
준주가빈지구배

肯與鄰翁相對飮　　이웃 노인 더불어 대작(對酌)해도 괜찮다면
긍여인옹상대음

隔籬呼取盡餘杯　　울타리 너머 불러서 남은 술잔 비웁시다.
격리호취진여배

---

* 盤飱(반손) : 쟁반 따위에 담은 음식
* 舊醅(구배) : 담근 지 오래된 막걸리
* 籬(리) : 울타리

시골집에 손님이 찾아 왔다.

대문 밖 좁은 길엔 꽃이 피었다가 지고, 봄물 가득한 앞뒤 못엔

날이면 날마다 갈매기 떼가 날아든다.

그 집 사람은 누굴 맞이하려고 좁은 꽃길을 쓸어본 적도,

쑥 대문을 활짝 열어본 적 없이 갈매기를 벗해 한적하게 살고 있다.

그런 그에게 모처럼 손님이 찾아오니 반가운 마음에

사립문 활짝 열어 기쁘게 맞는다.

텃밭의 채소를 정갈하게 씻어 담고 아껴둔 산더덕 장아찌도 내고

토장국 끓여 차린 밥상에다 묵은 막걸리를 곁들여 손님과 마주 앉았다.

많지 않은 찬이나마 정성을 다하느라 설레며 바쁘게 움직였을

그 집 주부의 모습이 행간(行間)에 비치는데,

저자가 멀어 차린 것이 변변치 못하고 술도 묵은 막걸리뿐이라고

주인은 미안해하는 듯하다.

하지만 그것은 주인으로서 예의로 한 겸사(謙辭)일 뿐 소박한 밥상이

진심으로 마음에 걸려서 한 말은 아닐 것이다.

울타리 너머 이웃 노인을 불러 같이 술잔을 비우자는

여유로운 마음이 바로 그의 마음일 것이니.

손님을 맞아 반가워하며 정성껏 차린 음식을 나누고

흔연(欣然)히 즐기는 일은 이따금 맛보게 되는

맛깔스런 삶의 별미(別味)일 것이다.

# 游鍾山 유종산
## 종산에서 노닐다

終日看山不厭山　　온종일 산을 봐도 산 구경 싫지 않으니
종일간산불염산

買山終待老山間　　산을 사서 그 속에서 늙기를 기다릴까나.
매산종대로산간

山花落盡山長在　　산꽃 다 지고 나도 산은 길게 누워만 있고
산화락진산장재

山水空流山自閑　　산골 물 마냥 흘러도 산은 저 혼자 한가롭네.
산수공류산자한

---

* 厭(염) : 싫다. 싫증이 나다
* 買(매) : 사다
* 盡(진) : 죄다. 다하다

산은 멀리서 바라봐도 눈을 씻어주고 호흡을 깊게 해주는
세상 밖의 여백이다.

그 산속에는 세속과 대비되는 또 하나의 세상이 있다.

깊은 골짝 어스름 산비탈은 거친 세상살이에
마음이 피폐해진 이들에겐 돌아가 깃들 어머니의 가슴이 된다.

그 속에서 아무런 생각 없이 무위(無爲)한 자연을 보고 있노라면
호흡은 느리고 깊어지고 어수선하던 머릿속은 천천히 비워진다.

어느새 청정한 산기운이 스며들어 안팎으로 산사람이 된 듯하다.

그렇게 온종일 산 구경을 해도 도무지 싫증이 나지 않으니
아예 산을 통째로 사서 거기서 늙도록 살아볼까?

산을 사고 싶다는 말은, 재산으로 소유하고 싶다는 의미라기보다
무던히도 산을 사랑하는 마음을 달리 표현한 것이리라.

그런데 돈을 주고 사서라도 그 속에 흠뻑 빠지고 싶은 그 산은
초연하기만 하다. 산꽃이 피었다가 다시 져도, 산골 물 온종일
재잘대며 흘러도, 산을 좋아하는 시인의 마음이 그토록 깊어도,
산은 그저 무심히 길게 누워 저 혼자 한가로울 뿐이다.

그렇다. 산은 그렇게 무심하기에 그 품이 무한히 큰 것이다.

그러기에 우리는 돌아가 쉬고 싶을 때면 산을 찾는다.

그 속에서 노닐 때 또다시 세상을 마주할 힘이
마음속에 고여 옴을 느끼게 된다.

가지를 건너뛰며 오르내리다 나는 듯 달아나 버리는
한 마리 날다람쥐의 원시(原始)이 활기로부터 싱싱한 존재의 희열을
감지(感知)하게 된다. 감전(感電)되듯 그 희열을 공유(共有)하게 된다.

# 西村 서촌

## 술 사 들고 갈숲으로

곽상정(郭祥正 : 宋)

**遠近皆僧刹**
원근개승찰

마을 원근이 모두 다 절간들인데

**西村八九家**
서촌팔구가

서촌의 인가래야 여덟아홉 집.

**得魚無賣處**
득어무매처

물고기를 낚아 와도 팔 곳 없으니

**沽酒入蘆花**
고주입노화

술 사 들고 갈숲으로 들어갈 밖에.

---

* 西村(서촌) : 서쪽 마을
* 僧刹(승찰) : 절. 사찰
* 賣(매) : 팔다
* 沽(고) : 사다
* 蘆(로) : 갈대

초가집 여남은 채가 옹기종기 엎드려 있는 산 아래 작은 마을, 서촌.

가까이 다른 마을은 없어도 등을 대고 있는

산속 여기저기 절집은 여러 곳이다.

바쁜 농사일도 끝난지라 촌부(村夫)는

일삼아 소일(消日) 삼아 앞 강으로 낚시를 나간다.

운 좋은 날인지 한나절 낚시에 올라온 물고기가 망태기에 그득하다.

읍내가 가깝다면 내다 팔아 얼마간 돈을 만들 수도 있을 텐데

궁벽한 이 시골에선 그럴 수도 없다.

그렇다고 절간 스님들에게 가서 팔 수도 없는 일.

에라, 다 그만두고 술이나 한 통 사 들고

하얗게 꽃 덮인 갈대숲으로 들어가자.

술친구 이웃을 불러 얼큰한 매운탕으로 거나히 취해 보자.

살아가는 궁색함일랑 서걱이는 바람에 날려버리고

취기를 빌어 시원스레 호기(豪氣)도 한번 부려보자.

흥이 나는대로 목청껏 노래도 부르고 둥실 마음을 띄워

솜 같은 구름 위에 누워도 보고……. 

그날 해가 지도록 그 강변 갈숲은 물고기 몇 마리로

한나절 세상을 잊은, 낚시 잘하는 촌부의 왕국이 되었겠지.

손바닥 위에 작은 세상 하나 올려다 놓았겠지.

## 雨過山村 우과산촌

## 비 지나간 산촌

왕건(王建 : 唐)

雨裏鷄鳴一兩家
우리계명일량가

산마을 한두 집 비 속에 닭 울고

竹溪村路板橋斜
죽계촌로판교사

길 옆 대나무 개울엔 널다리 빗겨 있네.

婦姑相喚浴蠶去
부고상환욕잠거

고부간 서로 불러 누에치러 가는데

閑着中庭梔子花
한착중정치자화

뜰에는 한가로이 치자 꽃이 피었구나.

* 板橋(판교) : 널빤지로 놓은 다리. 널다리
* 婦姑(부고) : 며느리와 시어머니. 고부(姑婦)
* 浴蠶(욕잠) : 누에고치의 품질을 좋게 하기 위해 누에고치 종자를 소금물에 담그는 일.
* 梔子(치자) : 상록활엽관목으로 6~7월에 백색의 꽃이 피며, 열매는 적황색 물감 원료로 쓰임.

여름날 비가 내린다.
산골짝 마을에도 주룩주룩 비가 내린다.
빗속에 바깥일도 못하고 더위도 한풀 꺾이니
마을 사람들 모처럼 집 안에서 여유롭다.
빗소리 속에 이 집 저 집 낮닭 우는 소리가 구성진데
동네 길에는 왕래하는 사람 소리도 없다.
뒤란의 푸릇푸릇 살진 부추를 베어
고소한 부침개라도 부쳐 먹는가?
그러다 비 그치고 해가 나오자 기다렸다는 듯
저마다 괭이 호미 들고 논밭으로 나가고
의좋은 고부는 서로 불러 누에를 치러 간다.
대나무 우거진 길 옆을 흐르는 시내엔
그새 물이 불어 졸졸 물소리 높은데
냇물을 가로질러 놓은 널다리엔 빗물이 아직 촉촉하다.
초가집 뜰에 한가롭게 핀 하얀 치자 꽃도
비에 씻겨 함초롬하고…….
비 지나간 여름날의 산마을 풍경이 싱그럽다.

# 田家行 <sub>전가행</sub>
## 보릿고개

이달(李達 : 朝鮮)

| | |
|---|---|
| 田家少婦無野食<br>전가소부무야식 | 농가의 젊은 아낙 들밥 내 갈 곡식 없어 |
| 雨中刈麥草間歸<br>우중예맥초간귀 | 빗속에 보리를 베어 풀밭 사이로 돌아온다. |
| 生薪帶濕烟不起<br>생신대습연불기 | 생솔 가지 축축해 연기도 일지 않는데 |
| 入門兒女啼牽衣<br>입문아녀제견의 | 어린 딸 부엌에 들어와 울며 옷자락 당기네. |

* 田家行(전가행) : 농가
* 行(행) : 한시의 한 체
* 野食(야식) : 들에서 먹는 밥
* 刈麥(예맥) : 보리를 베다
* 薪(신) : 땔나무
* 啼(제) : 울다

물속엔 산꽃 그림자 42

집안에 곡식 떨어진 지가 오래건만 보리 수확은 아직 멀었다.
보리가 익기를 기다리며 나물죽으로 겨우 끼니를 이어왔는데,
막상 보리 벨 날이 다가오자 두레꾼들 들밥 내어 갈 거리가 없다.
거친 반찬에 보리밥일망정 들밥을 내려면 우선 얼마간이라도
먼저 보리를 베어 들여야 한다.
농가의 젊은 아낙이 혼자서 들판으로 나가는데
날씨마저 궂어 주룩주룩 비가 내린다.
옷이 젖어 몸에 감기는 것도 아랑곳 않고 빗속에
보리를 베어 풀밭을 가로질러 집으로 돌아온다.
젖은 몸 말릴 사이도 없이 어설픈 끼니나마 익히려고
아궁이에 불을 지펴보지만
축축한 생솔 가지는 불이 붙을 기미가 없다.
불길은 고사하고 연기조차 나지 않는데
배고플 식구들 생각에 마음은 급하고 애가 탄다.
그 와중에 배고픔을 참지 못한 어린 딸아이는
부엌으로 들어와 울며 엄마 옷자락을 당긴다.
아이는 배고픈 설움을 엄마에게 부비고 칭얼대는 것으로
얼마간은 달래며 잊을 수 있을 것이다.
하지만 아이를 달래는 아낙은 제 몸이 젖어 있음을 잊을 것이다.
내 배가 고픈 것을 깨닫지 못한 것이다.
아이의 주린 배를 따뜻이 채워주기까지는.

# 無題 무제
## 우여, 너를 어찌할꼬!

항우(項羽 : 楚)

力拔山兮氣蓋世　　기개(氣槪)는 세상을 덮고 힘은 산을 뽑겠건만
역발산혜기개세

時不利兮騅不逝　　시세(時勢)가 불리하니 추(騅)도 나가지 않는구나.
시불리혜추불서

騅不逝兮可奈何　　추(騅)가 나가려 않으니 이를 어찌 하겠는가.
추불서혜가내하

虞兮虞兮奈若何　　가련타 우(虞)여, 우(虞)여, 너를 또 어찌할꼬!
우혜우혜내약하

---

* 拔(발) : 뽑다
* 兮(혜) : 주로 운문의 구말(句末)이나 중간에 놓여 어세(語勢)를 멈추었다가 다시 높임을
  나타내며, 종종 격한 감정의 분출을 표현하는 데 쓰임.
* 蓋(개) : 덮다
* 騅(추) : 천리마인 항우의 애마(愛馬) 이름
* 虞(우) : 항우의 총희(寵姬) 우미인(虞美人)을 말함. 해하(垓下 : 安徽省靈壁縣)에서 유방(劉邦)의
  군대에 포위된 항우가 최후의 주연(酒宴)에서 이 시를 노래하자 '대왕의 의기가 다했으니,
  천첩이 어찌 살기를 바라겠습니까?' 라고 화답한 후 자진(自盡)했다는 일화가 전해짐.
* 若(약) : 너(이인칭 대명사)
* 奈何(내하) : 어떻게. 어찌하여

이 시를 읽고, 흔히 말하는 '영웅호색(英雄好色)'이란 말을 먼저 떠올린다면 지나치게 피상적인 시각일까?

하지만 좀 더 세밀한 시선으로 살펴본다 하더라도, 항우를 일컬어 영웅이 아니라고도, 그가 여인을 심히 좋아하지 않았다고도 말하기는 어려울 것이다.

진(秦)나라를 패망시킨 후 유방(劉邦)과 천하의 패권(覇權)을 다투던 항우는 수없이 많은 전투를 치르는 현장에 우미인을 수레에 태우고 다니며 항상 곁에 두었다 한다. 고금의 역사에 영웅호걸이 많았으되 운명을 가르는 전장에서조차 여인에의 사랑에 그토록 집착했던 사람은 많지 않을 것이다. 거역할 수 없는 운명을 마주하고서 마지막 주연(酒宴)을 베풀어 이 같은 통한(痛恨)의 시(詩)를 남긴 사람도 드물 것이다. 더욱이 여인을 지켜주지 못하는 안타까움을 몇 글자 시구(詩句)로 그토록 절절하게 토해 내었던 영웅을, 과문(寡聞)한 탓인지 달리 또 알지 못한다.

한때 그 세력이 천하를 덮던 초패왕(楚覇王) 항우는 거병(擧兵)한 지 8년만에 시세(時勢) 불리해, 해하(垓下)에서 유방의 한군(漢軍)에 겹겹이 포위당하고 만다.

패색(敗色)이 짙어진 가운데 밤이 깊자 사면(四面)에서 초가(楚歌)가 울려 퍼진다. 한밤중 사방 한군의 진영으로부터 들판 가득 들려오는 고향 노래에 항우는 크게 놀라며 탄식한다. 고립무원(孤立無援)의 막다른 상황에 최후를 예감한 그가, 석별의 자리에서 시(詩)를 지어 북받쳐 오르는 비통함을 노래했으니.

힘은 넘쳐 산이라도 뽑겠고
기개는 장하여 온 세상을 덮을 만한데,
하늘이 무심히도 나를 버리는구나.
사방 적진에서 내 고향 초나라 노래가 들려오다니,
적에게 항복한 우리 초나라 사람이 이렇게도 많단 말인가?
초나라가 이미 점령되었다면 내가 기댈 곳은 어디에도 없겠구나.
때가 불리해지니 그토록 힘차게 달리던 추도
앞으로 나가지 않는데, 추가 나가려 하지 않으니
내가 어찌할 수 있겠는가.
나는 운이 다해 죽는다 해도
하늘의 뜻이니 또 어찌 하랴?
하지만 우여,
너를 어쩐단 말이냐!
가련한 여인아,
너를 어쩐단 말이냐!

항왕(項王)이 눈물을 흘리며 이 노래를 되풀이해 부르자

우미인 또한 흐느끼며 화답하고

좌우의 신하들도 모두 울며 얼굴을 들지 못했다고,

사마천(司馬遷)은 필생(畢生)의 역저(力著)

『사기(史記)』〈항우본기(項羽本紀)〉에 전하고 있다.

그에 대한 역사의 평가를 자세히 알지 못하거니와

여기서 굳이 논할 바도 아니라 여긴다.

다만 준마를 달려 대륙의 바람을 가르던 젊은 영웅과

그의 여인의 비장한 최후를 담은 시는,

2천 년이 더 지난 오늘에도 살아 있어

옛 선인(先人)들이 흘린 눈물에

뜨거운 눈시울로 화답케 한다.

# 白鷺鷥 백로사

## 백로

노동(盧仝 : 唐)

刻成片玉白鷺鷥
각성편옥백로사

옥을 깎아 만든 듯 고요히 선 해오라기

欲捉纖鱗心自急
욕착섬린심자급

물고기 잡으려고 혼자 마음 급하다네.

翹足沙頭不得時
교족사두부득시

모래밭에 발돋움하고 애타게 기다리는데

傍人不知謂閑立
방인부지위한립

사람들은 사정 몰라 한가히 서 있다 하는구나.

---

* 鷺(로) : 해오라기
* 鷥(사) : 해오라기
* 捉(착) : 잡다
* 纖(섬) : 가늘다. 잘다
* 鱗(린) : 비늘. 물고기
* 翹(교) : 발돋움하다

강가 모래밭에 백로가 고요히 서 있는 풍경은 한가하고 평화롭다.
그런가 하면 모내기가 끝난 초록의 들판에 나지막이 세워진
백기(白旗)처럼 순백의 깃털로 서 있는 모습은,
선명한 색상의 대비가 가져다주는 미감(美感)만으로도 눈이 즐겁다.
가볍고 날씬한 그 모습은 옥으로 깎아 만든 듯 깨끗하고 아름답다.
가까이 다른 백로들도 있건만 제각기 자기만의 세계에
침잠(沈潛)한 듯 그저 무심한 표정으로 미동(微動)도 없이 서 있다.
우리는 그 풍경을 보며, 일없이도 쫓기는 고단한 마음을 잠시
그 여린 새의 한가함에 의탁해 본다. 그가 누리고 있는
여유와 평화를 빌려와 마음 한 모퉁이를 쓸어내 비워 보는 것이다.
이 시는 백로에 대한 우리들의 그런 느낌과 인식이 착각에
바탕을 둔 것임을 일깨워준다. 고요히 있기는 하지만 편안히
놀고 있는 것이 아니라 한다. 무심하고 한가한 것이 아니라
물고기를 잡으려는 마음에 속으론 저 혼자 급하다.
옥으로 깎은 듯 서 있는 아름다운 그 자태는,
실은 먹잇감을 애타게 기다리는 포식자(捕食者)의 생존본능으로
취하는 몸짓이다. 사람들은 백로의 그런 사정을 모르고서
자기들 마음대로 한가하게 서 있다 한다고 시인은 슬쩍 꼬집는다.
하지만 그런들 또 어떠랴? 자연은 보이는 대로 느껴지는 대로
보고 즐기면 되는 것이다. 그것이 자연을 해롭게 하는 일도 아닌 바에야
감사히 누릴 수 있는 것도 마음의 힘이 아니겠는가.

# 鞦韆詞 추천사

## 그네뛰기

허난설헌(許蘭雪軒 : 朝鮮)

蹴罷鞦韆整綉鞋
축파추천정수혜

그네 뛰다 멈추고 수(繡)신을 고쳐 신고는

下來無語立瑤階
하래무어입요계

내려와 말없이 섬돌 위에 서 있네.

蟬衫細濕輕輕汗
선삼세습경경한

얇은 적삼엔 미세하게 땀 기운 내배는데

忘却教人拾墮釵
망각교인습타차

떨어진 비녀 줍는 걸 그만 깜박 잊었네.

---

* 鞦韆(추천) : 그네
* 整(정) : 가지런히 하다
* 瑤階(요계) : 옥 계단, 섬돌의 미칭(美稱)
* 蟬衫(선삼) : 매미 날개처럼 얇고 아름다운 적삼
* 教(교) : ~로 하여금 ~하게 하다 (※使役의 뜻을 나타내는 말)
* 墮(타) : 떨어지다

* 蹴(축) : 발로 차다, 발로 디디다
* 綉(수) : 수놓다
* 釵(차) : 비녀

후원을 거닐다 말고 아름드리 고목에 매인 그네에 오른다.
그네 줄을 잡고 발을 구르니 몸이 서서히 공중으로 나아간다.
때마침 부는 바람이 그네를 밀어 올려 몇 번 구르지 않아
발끝이 저편 나무 꼭대기에 닿을 듯하다.
한 마리 새가 되어 바람을 받으며 허공을 차고 오른다.
줄을 놓으면 그대로 발아래 세상을 벗어나
푸른 하늘로 날아갈 것 같다. 아찔함과 짜릿한 즐거움에
온몸의 신경이 팽팽히 당겨지고 심장이 펄떡인다.
아, 이 한순간은 지상에 속한 시간이 아니니…….
모든 속박이 사라지고 무한(無限)이 내 앞에 열린다.
이윽고 그네를 멈추고 신을 바로 신고 내려오니 머리가 어질어질하다.
매무새를 가다듬고 아무 일 없었던 듯 걸음을 옮긴다.
대청으로 오르기 전에 섬돌 위에 서서 잠시 숨을 고르자니,
매미 날개처럼 얇은 적삼은 살에 붙을 듯 말 듯
미세한 습기를 품고 있다.
그렇게 날아갈 듯 혼자서 그네를 뛴 걸 식구들이 알까 봐
시침을 떼려는데, 가슴은 아직 두근거리고
적삼엔 땀 기운이 있어 민망하다.
게다가 떨어진 비녀를 그만 깜박 잊고,
계집종 아이가 주워 오게 만들었으니.

조신(操身)하던 그 발걸음은 어디 두고 수놓인
예쁜 신이 벗겨지라고 그렇게 힘껏 발을 굴렀던가?
고운 적삼에 땀이 배고 비녀가 머리에서
떨어지도록 그네를 뛰던 아낙.
아이에게 들켜 비녀를 건네받기까지 했으니
반가(班家)의 여인으로서 이래저래 민망한 모양새다.
하지만 그네 뛰던 즐거움에 비하면 별일도 아니다.
창공을 나는 듯 짜릿하던 그 자유의 맛에 비하면 아무것도 아니다.
적삼이야 곧 마를 테고 비녀야 다시 얌전히 꽂으면 되지.
아이와는 눈 맞추고 한번 웃으면 또 그만일 것이니.

## 婦人挽 부인만
## 아내의 죽음을 애도하는 글

이계(李烓 : 朝鮮)

嫁日衣裳半是新
가일의상반시신

시집올 때 갖고 온 옷 아직 반은 새것이라

開箱點檢益傷神
개상점검익상신

고리상자 열어 보니 애달픈 마음 사무치네.

平生玩好俱資送
평생완호구자송

생전에 아끼던 물건 함께 보내 주리다만

一任空山化作塵
일임공산화작진

빈산에 한 번 맡기면 티끌로 변하고 말 것을.

---

* 婦人(부인) : 선비의 아내. 결혼한 여자
* 挽(만) : 만사(輓詞). 죽은 사람을 애도하는 글
* 嫁(가) : 시집가다
* 箱(상) : 상자
* 玩(완) : 사랑하다
* 俱(구) : 다. 함께
* 資送(자송) : 혼수 또는 필요한 물자를 갖추어 보냄.

녹의홍상(綠衣紅裳) 고운 옷 입고 당신이 내 곁에 온 것이 엊그제 같은데,
날 보고 환히 웃음 짓던 그 얼굴이 눈에 선한데
당신은 어찌 말없이 병풍 뒤에 누웠는가?
무엇에 쫓기기에 이리 서둘러 떠난단 말인가? 고리상자를 열어 보니
시집올 때 갖고 온 옷들을 반 너머 입어보지도 못했구려.
이럴 줄 알았더라면 좋은 옷 아낄 것 없었는데, 이리 떠날 줄 알았다면
내 마음 인색치 않았을 텐데. 차곡차곡 상자에 담긴 새 옷을 보니 이 옷도
다 못 입어보고 간 당신이 더욱 애처롭구려. 생전에 당신을 더 아껴주지
못했던 것이 참으로 마음 아프오. 이승에서 못 다 입은 고운 옷들,
아끼며 쓰던 물건들, 당신 보낼 때 함께 넣어주리다.
빠짐없이 갖추어 보내주리다. 하지만 이런 게 다 무슨 소용 있겠소?
적막한 산중에 한 번 묻히고 나면 머잖아 티끌로 변하고 말 것을.
생사의 이치가 너무도 엄연한 것을.

죽음을 애도하는 글인데도 죽음에 관련된 말을 직접 쓰지 않았다.
생전에 쓰던 물건들을 무덤에 함께 넣어준다는 말을 시집가는 딸에게
혼수를 갖추어 보낸다는 뜻의 '資送'이라는 말로 표현하고,
산에 묻는다는 말 대신 산에 '맡긴다[任]'고 했다.
아내가 죽어 인적 없는 빈산에 묻힌다는 사실을 차마 인정하고 싶지
않아, 혼수를 장만해 딸을 시집보내는 것처럼 말이라도 그렇게 하고
싶었던 것일까? 무정한 사물인 산에게라도 아내를 부탁해 맡겨
그 묻힐 곳이 편안히기를 바라는 심정이었을까?
그 마음이, 통곡하며 슬퍼하는 것보다 더 무겁게 느껴진다.

# 狎鷗亭 압구정

## 압구정에 갈매기 날아오지 않고

이수광(李睟光 : 朝鮮)

第一名區漢水潯
제일명구한수심

한강 가 제일명소(第一名所) 압구정에 올라 보니

群鴉飛處柳陰陰
군아비처유음음

버들 그늘 짙은 곳에 갈가마귀 떼 지어 나네.

江鷗不下斜陽盡
강구불하사양진

저녁놀 스러지도록 갈매기 내리지 않는데

岸草汀沙自古今
안초정사자고금

강 모래 언덕 풀은 고금에 절로 있네.

---

* 狎(압) : 친압하다(지나칠 정도로 가깝게 굴다)
* 鷗(구) : 갈매기
* 潯(심) : 물가
* 鴉(아) : 갈가마귀
* 陰陰(음음) : 나무가 우거져 어둠침침한 모양
* 汀(정) : 물가

한강 가의 명승지 압구정에 올라 보니

눈앞의 아름다운 풍광에 새삼 감탄하게 된다.

발 아래 푸른 물은 넘실넘실 바다를 향해 흘러가고,

멀고 가까운 산봉우리들도 큰 걸음으로 강을 따라 내닫는다.

저편 언덕의 무성한 버들 숲은 짙은 그늘을 드리우며

한들한들 바람에 흔들리는데, 어딘가로부터 갈가마귀 떼가 날아와

숲 위로 가득 흩어진다. 먼 하늘에 한가로이 떠 있던 갈매기들은

강물을 스칠 듯 날아가며 긴 울음소리를 남긴다.

그 가운데 짐 실은 돛단배와 고기잡이배 들이 물결 위에 떠 있어

풍경에 운치를 더한다. 압구정의 낮이 지나고

어느덧 저녁놀이 붉게 번지는데

하늘과 물가 모래톱은 물새들이 주인이다.

새들은 강물 위로 한가히 날며 노니는가 하면

또 무심한 듯 물가에 고요히 서 있다.

정자 위의 풍류객은 언제부턴가 그 새들에 마음을 주며

행여나 이 정자로 내려앉을까 기다려본다.

그러나 붉게 타던 저녁놀이 다 스러지도록

갈매기는 정자 가까이 날아와 앉을 기미가 없다.

일찍이 이 정자를 세운 세도가 한명회(韓明澮)는

'욕심 없는 마음으로 갈매기나 가까이하며 한가히 살고 싶다'

는 뜻을 담아 정자의 이름을 '압구정'이라 지었건만,

정작 갈매기는 사람들 곁에 오려 하지 않는다.

물가의 모래와 강 언덕 풀은
예나 이제나 저대로 있을 뿐,
사람이 봐주기를 기다리며 있는 것이 아니리니.
갈매기 또한,
한갓 물새에게 청한(淸閑)의 뜻을 의탁했던 사람들과는
무관하게 저대로 창공을 날고 있을 뿐이라.

이 시는 압구정 경관의 빼어남을 읊고 있지만,
시대의 온갖 부귀영화를 누리며 숨 가쁜 한 세상을 건넜던
정자 주인의 생애가 이 정자의 이름을 지은 뜻과는
조화가 되지 않음도 함께 말하려 한 것으로 보인다.
그 옛날 시인 묵객들의 사랑을 받으며 당대 명사들의
성대한 시회(詩會)가 열리던 정자는 이제 자취조차 찾을 길 없지만,
그 이름은 옛터에 남아 은성(殷盛)한 도회(都會)의
첨탑 위에 높이 걸려 있다.

이제 얼마간의 뱃삯을 치르고
유구(悠久)한 한강의 현대식 유선(遊船)에 오르나니.
압구정을 흔적없이 실어간 그 세월이 물새의 청한(淸閑)의
멋 또한 실어가 버렸는지, 한 떼의 갈매기들은 물 위에 뿌려지는
과자 조각을 다투어 먹으며 한참이나 배를 따라 오는데, 강버들은
갈가마귀 날던 아스라한 그 시절처럼 오늘도 변함없이 푸르러
뱃머리 선객(船客)은 강바람에 옷깃을 여미며
한바탕 봄날의 감상(感傷)에 잠긴다.

# 晨興卽事 신흥즉사
## 새벽에 일어나 지은 시

이색(李穡 : 高麗)

**湯沸風爐鵲噪簷**
탕비풍로작조첨

풍로엔 국이 끓고 처마엔 까치 떼 우는데

**老妻盥櫛試梅鹽**
노처관즐시매염

세수 단장한 늙은 처는 음식에 간을 맞추네.

**日高三丈紬衾煖**
일고삼장주금난

해가 중천에 뜨도록 포근한 이불 속에서

**一片乾坤屬黑甛**
일편건곤촉흑첨

한 조각 세월을 낮잠에 맡겨 볼까나.

---

* 卽事(즉사) : 그 자리에서 일어난 일이라는 뜻이나, 그 자리에서 일어난 일에 대한 느낌을 시로 짓는다는 뜻으로 쓰이기도 함.
* 梅鹽(매염) : 매실과 소금(매실이 지나치면 시고, 소금이 지나치면 짜게 되므로 간을 맞춘다는 뜻으로 쓰임)
* 湯沸(탕비) : 끓이다
* 盥櫛(관즐) : 세수하고 빗질하다
* 紬衾(주금) : 명주 이불
* 黑甛(흑첨) : 낮잠
* 噪(조) : 새가 떼 지어 지저귀다
* 試(시) : 시험하다. 맛보다
* 屬(촉) : 맡기다

새벽에 잠을 깨고도 이불 속에서 지난밤 단잠의 여운을 즐긴다.

풍로 위에는 보글보글 정겹게 국이 끓고 있고

처마 밑에선 부지런한 까치들이 깍깍 시끄럽게 우짖는다.

곁에 자던 늙은 아내는 언제 일어났는지,

세수하고 머리 단정히 빗은 모습으로 음식을 맛보고 간을 맞춘다.

아내는 날것의 온갖 재료들을 먹음직한 음식으로

둔갑시키는 신기한 재주를 갖고 있다.

이제 얼마 있으면 마술처럼 그 손끝에서

소담스런 아침상이 차려져 나오겠지.

상 앞에 모인 식구들 제각기 생기 있는 얼굴로

담뿍담뿍 밥숟갈을 뜨겠지.

아, 참 좋다. 이 따뜻한 느낌에 싸인 채 부드러운 명주 이불 속에서

미리 맛을 보는 하루는 또 얼마나 감사한 생(生)의 선물인가.

오늘은 그냥 이 포근한 이불 속에서

해가 중천에 뜨도록 내쳐 잠을 자 볼까나?

혼자서 음미(吟味)해 보는 하루의 첫맛은 약간,

아니 상당히 행복한 느낌이 나는 누긋한 단맛이다.

당대(當代)의 대학자요 문호(文豪)로

화요(華要)를 다한 관직을 역임했던 시인이기에,

가정생활의 소소한 행복을 소중히 여기는

그 모습이 더욱 신선하다.

# 山中 산중
## 산속의 쪽빛 하늘

왕유(王維 : 唐)

荊溪白石出　　형계시내 물 줄어 흰 바닥 돌 드러나고
형계백석출

天寒紅葉稀　　차가워진 날씨에 붉은 잎도 몇 없네.
천한홍엽희

山路元無雨　　산길엔 애당초 비 내릴 기미 없는데
산로원무우

空翠濕人衣　　쪽빛 하늘 푸른 물이 산중 사람 옷 적시네.
공취습인의

---

* 山中(산중) : 산속
* 稀(희) : 드물다
* 元(원) : 처음. 시초
* 空(공) : 하늘
* 翠(취) : 비취색
* 濕(습) : 축축하다

산길을 가는 행인의 눈으로

늦가을 산중 경치가 채색 그림처럼 그려진다.

한여름 더위를 시원하게 씻어주던 맑은 시내는

가을이 되자 물이 줄어 바닥의 흰 돌이 드러나 있다.

추워진 날씨에 빛 고운 단풍잎도 낙엽이 되고

가지엔 붉은 잎 몇 남아 있지 않다.

조금은 쓸쓸한 경치다.

그러나 정작 산중 사람의 마음에 한층 선명하게 들어온 풍경은

얕아진 시내와 잎 떨군 나뭇가지 저 너머에 있다.

그건, 아스라이 더 높아진 하늘이다.

올려다보니 하늘은 깊고 깊은 쪽빛이다.

풍덩 몸을 던져 끝없이 헤엄쳐 가고 싶은 투명한 푸르름이다.

가슴 가득 마시고 싶은 맑고 시린 기운이다.

그렇게 산길을 걷노라니, 비 내릴 기미도 없는

청명한 날씨에 웬일인지 옷이 젖어 오는 것 같다.

적막한 이 산속에서 하늘은 저 혼자 푸르다 못해

바라보는 이의 옷에도 푸른 물을 들이는가.

나뭇가지 위에 펼쳐져 있는 가을 하늘을 보면

눈썹에 파란 물감이 든다고 노래한

훗날의 '소년' 같은 한 시인도, 더 훗날의 우리도,

가을 하늘을 보는 느낌은 이 시인과 별로 다르지 않은 것 같다.

# 禾熟 화숙
## 벼 익는 들판

공평중(孔平仲 : 宋)

百里西風禾黍香
백리서풍화서향

서풍 부는 백 리 들판 벼 기장 향기로운데

鳴泉落竇穀登場
명천락독곡등장

샘물 흐르는 도랑가 밭곡식도 영글었네.

老牛粗了耕耘債
노우조료경운채

쟁기 끌던 늙은 소는 논밭갈이 마쳤는지

齧草坡頭臥夕陽
설초파두와석양

석양의 언덕머리에 꼴 씹으며 누웠네.

---

* 禾熟(화숙) : 벼가 익다
* 竇(독) : 도랑
* 登(등) : 익다
* 場(장) : 밭
* 粗(조) : 대강
* 耕(경) : 논밭을 갈다
* 耘(운) : 김매다
* 齧(설) : 깨물다. 씹다

내려쬐는 가을 햇볕을 담뿍 머금고 마지막 낟알까지 살이 오른
벼이삭들이 무겁게 고개를 숙이고 있다. 서풍이 불어 백 리 너른 들판은
누런 바다처럼 출렁이고, 벼 익는 향기는 코끝에 물씬 풍겨온다.
산기슭에 퐁퐁 솟는 맑은 샘물은 산 아래 도랑으로 졸졸 흘러 도랑가
밭곡식도 보기 좋게 여물었다. 보기만 해도 흐뭇하고 배가 부르다.
투박한 흙 위에 떨어진 고단한 땀방울들이 알알이 영근 낟알의 모습으로
돌아오는 이 가을의 느낌은, 가슴을 뻐근하게 하는 그 무엇이다.
움이 트고 꽃 피는 봄날의 기대와 설렘, 뜨겁게 성숙해 가는 여름의
치열함에 이어 우리들의 가슴에 차오르는 계절의 느낌은 바로
결실의 보람, 수확의 기쁨인 것이다.
그리고 그 모든 것이 지난 뒤 침잠(沈潛)과 관조(觀照)의 마지막
계절이 오는 것이, 우리들의 한해살이며 또한 생애일 것이다.
시인은 황금빛 일렁이는 들판으로 나가, 하늘을 우러르며 희망과 수고를
흙에 심어 가꾸어 왔을 농부의 마음을 더듬어 본다. 벅찬 그 설렘을
느껴본다. 농부의 그것이야 벼이삭처럼 영글어 가는 자식들을 바라보는
이 세상 모든 부모 된 사람의 마음에 다름 아닐 것이다.
그런 기쁨이 있기에 필부필부(匹夫匹婦)의 얼굴도 때로
활짝 핀 꽃이 되는 것이리라.
그래도 살아볼 만한 세상이라고 흐뭇해하기도 하는 것이리라.
석양에 꼴을 씹으며 누워 있는 늙은 소의 한가로움에서
소 주인의 여유로움도 함께 읽힌다.

# 春日訪山寺 춘일방산사
## 봄날 산사를 찾다

이규보(李奎報 : 高麗)

風和日暖鳥聲喧　　바람결 부드러워 새소리 드높은데
풍화일난조성훤

垂柳陰中半掩門　　수양버들 그늘 속에 절문은 반쯤 닫혀 있네.
수류음중반엄문

滿地落花僧醉臥　　마당 가득한 낙화에 스님이 취해 누웠으니
만지낙화승취와

山家猶帶太平痕　　산가(山家)엔 아직도 태평세월이 남아 있네.
산가유대태평흔

* 喧(훤) : 떠들썩하다
* 掩(엄) : 닫다
* 猶(유) : 아직도. 그래도
* 痕(흔) : 자취

바람은 부드럽고 햇살은 따뜻한데 지저귀는 새소리

맑고 높아 봄날은 더욱 화창(和暢)하다.

물 오른 버드나무는 늘어진 가지마다 한껏 새잎을 달아,

차랑차랑 연둣빛 치맛자락 끌고 오는 여릿여릿한 처녀인양

눈이 부시다. 그 수양버들 옅은 그늘 속에 반쯤 열린

절문이 보이는데 스님은 기척이 없다.

문을 들어서니 절 마당은 떨어진 꽃잎으로 가득하고

마당 가득한 꽃잎을 요 삼아 스님이 길게 누워 있다.

세상사 모두 잊은 듯 태평스레 꽃 위에 누웠다.

무슨 일일까? 봄기운 혼곤(昏困)하여 잠시 정신을 잃었음인가?

그윽한 도량(道場)에서 취해 누운 연유는 알지 못하거니와

그 얼굴빛이 무척이나 화평하다.

세상 굴레를 벗어버린 취중의 잠 속에 꽃향기마저 아련히 끼쳐 오니,

스님이 도달한 그 경계(境界)가 신기루일망정

혹 열반(涅槃)과 닮지는 않았으려나?

산사를 찾은 시인의 시선이 자못 느긋하다.

# 箜篌引 공후인

## 공후에 실은 노래

여옥(麗玉 : 古朝鮮)

公無渡河  님이여 건너지 마오 애원했건만
공무도하

公竟渡河  못 들은 척 기어이 강을 건너네.
공경도하

墮河而死  물살을 이기지 못해 빠져 죽으니
타하이사

將奈公何  아아 가엾은 님, 어찌할거나.
장내공하

---

* 箜篌 (공후) : 현악기의 일종
* 引(인) : 노래 곡조
* 渡河(도하) : 강을 건너다
* 墮(타) : 떨어지다
* 將(장) : 장차
* 奈何(내하) : 어떻게, 어찌하여

어느 날 흰 머리를 풀어헤친 한 남자가 맨몸으로 강을 건너겠다고
강물로 뛰어들었다. 뒤쫓아 온 그의 아내가 헤엄쳐 건널 수 있는 강이
아니라며 울며 만류했지만 들은 척도 하지 않았다. 호기롭게 물속으로
성큼성큼 들어가더니 거센 물살에 휩쓸려 기어이 빠져 죽고 말았다.
그 아내가 비탄에 잠겨 공후를 타며 노래한 뒤에 남편이 죽은 강물에
몸을 던지고 말았는데, 그 광경을 본 뱃사공 곽리자고(霍里自高)가
집에 돌아와 아내에게 그 일을 이야기해 주었다.
뱃사공의 다감(多感)한 아내 여옥(麗玉)은 이야기를 듣고 슬퍼한 나머지,
남편을 따라 죽은 그 여인을 대신해 이 노래를 지었다 한다.
아내의 애끓는 만류도 무시한 채 무모(無謀)한 호기(豪氣)를 부리다
끝내 강물에 빠져 죽은 남자, 후인(後人)은 그를 일러 '흰 머리의
미친 남자[白首狂夫]'라 부른다. 일편단심 남편만을 바라보며 살다 못해
어리석은 죽음의 자리에까지 따라간 여인의 이야기가 슬프고 안타깝다.
하지만 장하거나 아름다워 보이진 않는다.
지금도 삶을 위협하는 깊은 강은 도처(到處)에 있을 것이며,
불합리한 판단과 무모한 고집으로 그 강물에 뛰어드는 사람도
더러는 있을 것이다. 그러나 그러한 남편을 따라 무의미한 사지(死地)에
함께 뛰어들 여인이 있을지는……

〈이 시는 일명 '公無渡河歌'란 제목으로 불리기도 한다〉

# 爲人賦嶺花 위인부영화
## 고개 위에 핀 꽃

박제가(朴齊家 : 朝鮮)

毋將一紅字
무장일홍자

붉다고만 말하지 말게

泛稱滿眼花
범칭만안화

고갯마루 가득 핀 꽃들을.

花鬚有多少
화수유다소

많고 적고 꽃술도 다르니

細心一看過
세심일간과

꽃마다 세심히 보고 가게.

---

* 爲人賦嶺花(위인부영화) : 그대를 위해 고갯마루의 꽃을 읊다.
* 毋(무) : ~하지 말라
* 將(장) : ~로써
* 泛(범) : 널리, 두루
* 稱(칭) : 일컫다. 부르다
* 花鬚(화수) : 꽃술

고개 너머로 길 떠나려는 벗에게 하는 당부의 말인가 보다.

지금 고갯마루는 온통 붉은 꽃으로 덮여 있다.

그대가 그 고갯길을 넘어갈 때 '아, 붉은 꽃들이 곱구나.'

그냥 그렇게만 생각하지 마라. 빛깔이 붉다고 다 같은 꽃이 아니다.

관심을 갖고 가까이 다가가 보면 꽃마다 향기가 다르다.

자세히 살펴보면 꽃잎이나 꽃받침의 모양,

꽃술의 수도 다르다는 것을 알 수 있다.

그냥 무심히 보지 말고 저마다의 존재를 알아봐 주고,

고유한 아름다움을 즐기고 사랑하게나.

그것이 이 땅 위에 생명을 영위하는 사랑스런 존재에 대한 예의거니와,

그대의 마음 또한 예기치 못한 기쁨으로 충만해질 것이네.


시인은 꽃을 보는 사람을 위해 제대로 감상할 것을 당부했지만,

그것은 그대로 꽃의 간절한 소망이기도 할 것이다.

어디, 꽃의 소망이기만 하겠는가?

우리들 모두 나의 빛깔과 향기에 알맞은 이름으로 불리어지고 싶다고,

이 시대를 함께 살다 떠난 어느 시인도 노래하지 않았던가?

누군가에게 '잊혀지지 않는 하나의 의미가 되고 싶'은

우리들 모두의 소망을 대변하여.

# 梅花塢坐月 매화오좌월
## 달빛 쏟아지는 매화 언덕

옹조(翁照 : 淸)

靜坐月明中
정좌월명중
달빛 밝은 매화 언덕에 고요히 앉은 화객(花客)

孤吟破淸冷
고음파청랭
외로이 시 읊는 소리에 맑은 향기 부서지네.

隔溪老鶴來
격계노학래
시내 건너 저쪽에서 늙은 학이 날아와

踏碎梅花影
답쇄매화영
땅에 비친 매화 그림자 밟아 흩어버리네.

* 梅花塢坐月(매화오 좌월) : 달빛 아래 매화 언덕에 앉아
* 塢(오) : 둑. 산언덕
* 隔(격) : 사이가 뜨다
* 踏(답) : 밟다
* 碎(쇄) : 부수다
* 화객(花客) : 꽃을 구경하는 사람

매화꽃 하얗게 핀 언덕 위로 환한 달빛이 쏟아지는데
꽃가지 아래 한 사람, 고요히 앉아 꽃을 본다.
들어주는 이 없어도 달빛과 꽃에 취해 절로 시가 읊조려지니
낭랑한 목소리는 밤공기 속으로 잔잔히 퍼져나간다.
낮은 울림에도 서늘하고 맑은 매화 향기는 잘게 부서져
콧속으로 몸속으로 밀려든다.
흡사 단아한 여인에게서 풍겨 오는 옅은 분 냄새와도 같아,
가만히 기뻐하되 쉽사리 표현하지 못할 은은한 향기다.
그런데 달과 매화를 사랑하는 객(客)은 시인만이 아니다.
시내 저쪽으로부터 학이 한 마리 이편 언덕으로 날아온다.
학은 긴 다리로 땅에 비친 꽃 그림자를 밟으며 매화 그늘로 들어온다.
선착객(先着客)이 있음을 알고 벗을 하려 함인가?
시를 읊는 낭랑한 목소리에 매화 향기는 부서지고
늙은 학의 가벼운 발걸음에 꽃 그림자는 흩어지는데······.
이쯤에서 외로운 시인이 늙은 학과 벗이 되어 노닐며
함께 매화와 달을 즐긴다 해도 이상해할 일은 아니리.

# 磧中作 <sub></sub> 적중작
## 사막 길

잠삼(岑參 : 唐)

走馬西來欲到天
주마서래욕도천

서쪽으로 말을 달려 하늘 끝에 닿으려는데

辭家見月兩回圓
사가견월양회원

집 떠나 바라보는 달 두 번이나 둥글어졌네.

今夜不知何處宿
금야부지하처숙

오늘밤 묵을 곳은 어느 사구(沙丘) 언저린가?

平沙萬里絶人烟
평사만리절인연

만 리 먼 사막 길에 저녁연기 찾을 길 없네.

---

* 磧中作(적중작) : 사막 가운데서 짓다
* 磧(적) : 모래벌판
* 辭(사) : 떠나다
* 圓(원) : 둥글다
* 宿(숙) : 묵다

안서(安西) 절도사의 서기관으로서 북서 변경 사막지대에 종군한 바
있는 시인의 체험이 이국정서(異國情緖) 물씬한 시(詩)로 형상화되어 있다.
끝없이 펼쳐져 있는 모래밭을 말을 타고 달린다.
사막을 건너 저 하늘 끝 먼 곳까지 해를 따라 서쪽으로 간다.
집을 떠나온 지도 여러 날,
열사(熱沙)의 길 위에서 달은 어느덧 두 번이나 차고 기울었다.
긴 행군은 거칠기만 해, 모래 먼지 이는 뜨거운 낮이 지나고
차가운 밤이슬이 내려도 지친 몸 풀어놓을
편안한 잠자리는 어디에도 없다.
오늘도 날은 저무는데 사방엔 광막한 모래벌판과
가물거리는 지평선뿐,
저녁연기 오르는 인가(人家) 하나 보이지 않고
붉은 하늘 아래 신기루처럼 고향집 처마가
아스라이 피어올랐다 사라진다.
오늘밤은 또 어느 모래 언덕 언저리에
천막을 치고 모닥불을 피울까?
사막에 밤이 오면 무쇠 같은 심장도
향수(鄕愁)에 녹아내린다.

# 田家良婦 전가양부

## 현모양처

신혁식(辛赫植 : 朝鮮)

孝養舅姑善事夫　　시부모 효양(孝養)하고 지아비 잘 섬기니
효양구고선사부

閨門修正六宜俱　　부녀 행실 바르게 닦아 육덕(六德)을 갖춤이라.
규문수정육의구

順德不嫌家勢劣　　온순한 덕이 있어 빈한한 가세(家勢) 탓 않으며
순덕불혐가세열

深憂每恐子孫愚　　자손들 어리석을까 매양 깊이 근심하네.
심우매공자손우

---

* 田家良婦(전가양부) : 농가의 어진 아내
* 孝養(효양) : 효성으로 부모를 봉양함.
* 舅姑(구고) : 시아버지와 시어머니
* 六宜(육의) : 아내로서 갖추어야 할 여섯 가지 덕. 유순(柔順), 청결(淸潔), 불투(不妬), 검약
  (儉約), 공근(恭謹), 근로(勤勞)를 말함.

爲食爲衣終歲計　　먹고 입을 것 마련으로 한 해 가계(家計) 마치나
위식위의종세계

以餠以酒四隣呼　　때때로 술과 떡 빚어 사방 이웃 청한다네.
이병이주사린호

産業大興當老境　　생업(生業)을 크게 일으켜 노경(老境)을 맞이하니
산업대흥당노경

桑麻烟月太平吾　　전원(田園)의 은은한 달빛이 나를 태평케 하누나.
상마연월태평오

* 桑麻(상마) : 뽕과 삼이라는 뜻이나, 뽕과 삼을 심는 곳이라는 뜻으로 '전원(田園)'을 이르
  는 말로 쓰임.
* 烟月(연월) : 희미한 달

시부모를 정성스럽게 봉양하고

남편을 섬기며 화합하는 것은 부덕(婦德)의 근본이요,

자식을 기르고 가르치며 부지런히 농사를 지어

가세(家勢)를 도움도 또한 농가의 아내에 달린 일이다.

언제나 검약하며 살아도 여러 식구 의식(衣食) 마련이

빠듯한 살림살이지만 그렇다고 마음이 각박한 것은 아니다.

어른들 생신이나 집안의 대소사(大小事) 때는

술과 떡을 넉넉히 빚어 사방 이웃을 청하여

정을 나누고 도리를 다한다.

그런 중에 안팎의 일을 두루 잘 처리해 늙바탕에

생업이 크게 일어나니 가세가 자못 여유롭다.

이런 어진 아내가 어찌 한 집안의 보배가 아니랴.

전원의 달빛이 아니더라도

그 남편의 마음이 어찌 평안하지 않으랴.

그야말로 현모(賢母)요 양처(良妻)인 이런 여인들의

삶이 있어 세상이 안으로 견고히 지켜져 내려온 것이리라.

# 桃源圖 도원도
## 무릉도원을 그리다

심주(沈周 : 明)

啼飢兒女正連村　　배고파 우는 아이들 마을에 온통 널렸는데
제기아녀정련촌

況有催租吏打門　　아전(衙前)은 문 두드리며 세금 내라 독촉하네.
황유최조이타문

一夜老夫眠不得　　늙은이 밤 깊도록 잠 이루지 못하더니
일야노부면부득

起來尋紙畵桃源　　일어나 종이 찾아 무릉도원을 그리네.
기래심지화도원

---

* 桃源圖(도원도) : 무릉도원(武陵桃源)을 그린 그림
* 啼(제) : 울다
* 飢(기) : 굶주리다
* 催(최) : 재촉하다
* 況(황) : 하물며. 더구나
* 租(조) : 구실. 세금

* 桃源(도원) : 도연명의 〈도화원기(桃花源記)〉에서 유래된 말로, 복사꽃이 아름

답게 피어 있는 물의 근원이라는 뜻이나 보통 그 너머 있는 별천지, 이상향

의 뜻으로 쓰임. 무릉도원(武陵桃源)이라고도 함.

※〈도화원기〉의 개략
진(晋)나라 때 무릉(武陵)의 한 어부가 배를 타고 멀리 시내를 따라가다
그만 방향을 잃고 헤매게 되었다. 그러다 문득 시내 양 옆에 넓게 펼쳐져
있는 복사꽃 만발한 숲을 만나게 되는데, 그 숲이 끝나는 곳에 물이 흘러
나오는 근원이 있고 부근의 산속에 작은 굴이 있었다. 굴을 따라 들어가
니 놀랍게도 그 안쪽에 아름답고 살기 좋은 마을이 있었다. 그곳에서 마
을 사람들은 세상과 단절된 채 평화롭게 살고 있었는데, 오래전에 난리를
피해 들어온 사람들의 후손이라 했다. 어부가 바깥세상으로 돌아온 뒤 사
람들이 다시 그곳을 찾아가려 했지만 끝내 찾을 수 없있다.

마을에 기근(饑饉)이 덮쳤다.

집집마다 아이들은 배고프다 우는데,

누렇게 얼굴이 뜬 부모는 아무런 방도가 없다.

무력한 부모의 마음은

창자가 비어 있는 고통보다 더 아프고 참담하다.

설상가상(雪上加霜) 관청의 세금 독촉마저 빗발치니

더더욱 기가 막힐 노릇이다.

우는 아이 배도 채우지 못하는 촌민(村民)의 절박한 심정은 아랑곳없이

아전은 집에까지 찾아와 문을 두드리며 핍박(逼迫)을 하니…….

늙은 가장(家長)은 밤이 되어도 잠을 이루지 못한다.

세상을 원망하고, 자신의 무력함을 한탄하며

밤이 깊도록 자리에서 뒤척인다. 도무지 솟아날 구멍이 없다.

부질없이 마음을 태우던 끝에 울컥 서글픔이 밀려온다.

그 서글픔은 어느 사이 이룰 수 없는 애절한 소망으로 변한다.

아, 이 가혹한 세상을 벗어나 배고픔도 슬픔도 없는 그곳으로

가고 싶구나. 식구들 배불리 먹이고, 내 힘껏 일하며

근심 없이 살 수 있는 그 별천지로 가고만 싶구나.

소망의 간절함은 누웠던 몸을 벌떡 일으키게 한다.

종이를 찾아, 넓고 기름진 땅이 펼쳐져 있고

우거진 뽕나무와 대숲이 있는 아름다운 마을을 그린다.

그 속에 마당 넉넉히 두른 우리 집도 그린다.

한밤중에 일어나 무릉도원을 그리는 촌로(村老)의 손놀림이 눈물겹다.

# 柳枝詞 유지사

## 버들가지

설장수(偰長壽 : 高麗)

| | |
|---|---|
| 垂綠鶯來擺<br>수록앵래파 | 휘늘어진 푸른 가지 꾀꼬리가 흔들고 |
| 飄綿蝶去隨<br>표면접거수 | 날리는 버들 솜은 나비가 따라가네. |
| 本無安穩計<br>본무안온계 | 안온히 머물 뜻이 본래부터 없었거니 |
| 爭得繫離思<br>쟁득계이사 | 떠날 사람 마음을 버들가지로 매어두랴. |

---

* 詞(사) : 운문(韻文)의 한 체
* 擺(파) : 흔들다
* 飄(표) : 나부끼다
* 綿(면) : 솜(여기서는 버들개지를 뜻함)
* 安穩(안온) : 조용하고 평온함
* 繫(계) : 매다

휘늘어진 수양버들 푸른 가지 사이로
노란 꾀꼬리가 숨바꼭질한다. 이 가지 저 가지로
포로롱 포로롱 날아다니며 가지를 흔들어 놓는다.
노랑나비 호랑나비는 산들바람에 어지러이 날리는
버들개지를 따라 팔랑팔랑 날아다닌다.
청명한 봄날 청청한 버드나무와 더불어
꾀꼬리도 나비도 즐거이 노닌다.
이렇게 만물은 봄의 환희로 들떠 있건만,
휘늘어진 버들가지를 보고도
떠날 사람을 생각하게 되는 마음은 슬프다.
'저 버들가지로 님의 마음을 매어둘 수만 있다면,
열 가지 백 가지라도 꺾어볼 텐데…….'
안타까운 마음에 부질없는 생각도 해보지만,
본래 평온히 머물러 살 뜻이 없는 사람인 것을
저 여린 가지로 어찌 붙잡을 수 있단 말인가?
하지만 무정한 세월도, 야속한 님의 마음도,
잡아둘 수 없는 줄 뻔히 알면서 수양버들 가지로라도
매어 놓고 싶은 것이 내남없는 인정(人情)인 것을.
그러한 인정을 넘어서서 체념(諦念)과 달관(達觀)으로
깊어 가는 것이 또 우리네 삶의 계절인 것을.

# 題溫處士山居 <sub></sub>제온처사산거

온처사의 산거에서                                         전기(錢起 : 唐)


誰知白雲外          흰 구름 밖 별천지 아는 이 누구런가?
수지백운외

別有綠蘿春          파릇한 쑥 돋아나는 봄 골짝 예 있는데.
별유녹라춘

苔繞溪邊徑          개울가 좁은 길은 푸른 이끼로 덮여 있고
태요계변경

花深洞里人          동리 안 인가에는 꽃 피어 한창이네.
화심동리인


* 題溫處士山居(제온처사산거) : 온처사의 산속 집에서 짓다.
* 蘿(라) : 쑥
* 繞(요) : 두르다. 얽히다
* 逸(일) : 은사(隱士)
* 伴(반) : 따르다. 따라가다

逸妻看種藥
일처간종약

은자의 아내는 약초 심는 구경하고

稚子伴垂綸
치자반수륜

어린 아들 좋아라 낚시질 따라가네.

潁上逃堯者
영상도요자

영수(潁水)에서 귀 씻고 요임금 피한 사람도

何如此養眞
하여차양진

어떻게 이처럼 참된 마음 길렀으랴?

---

* 垂綸(수륜) : 낚싯줄을 드리우다
* 潁(영) : 영수(潁水), 중국 하남성(河南省)에서 발원하여 안휘성(安徽省)에서 회수(淮水)로
  흘러들어가는 강(요임금 때 영수 가에 은거하던 허유(許由)는 요임금이 자기에게 천하를 물려주려 하자
  그 말을 들은 귀가 더러워졌다 하여 영수에서 귀를 씻었다 함).

산속에 묻혀 사는 지인(知人)의 거처를 찾아갔다.

별천지가 따로 없다.

파릇파릇 쑥 돋아나고 맑은 시내 흐르는 여기가,

저 멀리 흰 구름 밖에 있을 것 같은 바로 그 별천지건만

와 보지 않은 사람이야 알 까닭이 없지.

개울을 따라 나 있는 좁은 길은 푸른 이끼로 촉촉이 덮여 있고

동리 안쪽 조촐한 초가 마당엔 봄꽃이 흐드러졌다.

은자(隱者)의 아내는 이웃집 텃밭에 약초 심는 광경을 지켜보며

이웃 아낙과 말을 주고받는다. 어린 아들은 낚싯대 메고 나서는

아버지의 뒤를 고기 망태기 들고 좋아라 따라간다.

산속에서 욕심 없는 마음으로 담담히 살아가는 은자와

가족의 모습이 편안해 보인다.

묵중한 앞산처럼,

쉬지 않고 흘러가는 동리 밖 냇물처럼,

때 되면 피고 지는 뜰 안의 꽃처럼,

그렇게 무던히 자연이 되어 사는 모습이
보는 이의 마음에 깊은 울림을 준 것인가.
그 마음의 참됨이 허유의 씻은 듯한 결백함보다 오히려 낫다는 것이다.
여기서 이 시를 읽는 우리는 몇 가지 삶의 모습을 생각해보게 된다.
요임금처럼 천하의 권세와 부귀를 누리며 사는 당당한 대인(大人)의 삶,
허유 같이 그러한 부귀 권세를 초개(草芥)처럼 여기고 결백한 지조를
지키며 사는 맑고 곧은 삶, 이 산속의 은자처럼 소박한 일상(日常)이
가져다주는 자잘한 즐거움들을 분수껏 누리며 사는
안분자족(安分自足) 삶의 모습들을 그려볼 수 있는 것이다.
이 몇 가지 모습들 중에서 시인은 세 번째의 그것에 큰 의미를 둔 것이니,
결국 그것이 평범한 사람들이 누릴 수 있는 몫이고
또 추구할 가치라 여긴 것이리라.

# 春夜喜雨 춘야희우
## 봄밤에 내리는 단비

두보(杜甫 : 唐)

好雨知時節     좋은 비 시절을 알아 때맞추어 내리니
호우지시절

當春乃發生     봄을 맞은 초목은 싹 트고 꽃이 핀다.
당춘내발생

隨風潛入夜     바람 따라 살며시 어둔 밤에 스며들어
수풍잠입야

潤物細無聲     가늘게 소리 없이 만물(萬物)을 적서 주네.
윤물세무성

---

* 喜雨(희우) : 가물철에 내리는 반가운 비
* 發(발) : 꽃이 피다
* 生(생) : 싹이 트다
* 潛(잠) : 몰래
* 潤(윤) : 젖다. 적시다

野徑雲俱黑
야경운구흑

들길은 구름에 덮이고 사위(四圍)가 캄캄한데

江船火獨明
강선화독명

강배에 걸린 어화(漁火) 홀로 어둠을 밝히네.

曉看紅濕處
효간홍습처

새벽이 밝아옴에 붉게 젖은 곳 바라보니

花重錦官城
화중금관성

비 맞은 꽃들 무겁게 금관성을 뒤덮었네.

---

* 俱(구) : 함께
* 曉(효) : 새벽
* 濕(습) : 축축하다
* 錦官城(금관성) : 삼국시대 촉(蜀)의 도성(都城)이었음. 사천성(四川省) 성도현(成都縣)에 있으며, 비단을 관장하는 관아(官衙)가 있었던 까닭에 금관성(錦官城) 또는 금성(錦城)이라는 이름으로 불림.

가랑비 내리는 봄밤의 운치(韻致)를 읊은 시(詩)이다.

하늘 가득한 봄기운이 밤이 되자 고요히 가라앉는데
고요한 봄밤은 내리는 비로 운치가 더해진다.
때맞추어 오는 단비는 봄을 맞은 초목에 스머들어
싹을 틔우고 꽃을 피우거니와,
그 비를 바라보는 사람의 마음을 기쁨에 젖게 한다.
소리 없이 온 세상을 적셔주는 반가운 비가 시인의 마음인들
어찌 적셔주지 않았으랴? 마음이 젖은 시인의 눈에는 어둠 속에
깜박이는 한 점 강배의 불빛도 유정(有情)하기만 하다.
가만가만 실비 속삭이는 이 봄밤의 유정함을 삭이느라
그는 아마도 밤새 잠들지 못했던가 보다.
문득 눈을 들어 멀리 바라보니
새벽빛 속에 비에 젖은 붉은 꽃들이
저 건너 금관성을 무겁도록 온통 뒤덮고 있다.
'봄—밤—비'로부터 풀려 나오는 몇 가닥의 그윽한 정조(情調)로
직조된 은은한 바탕 위에, 어둠 속 강배의 불빛과 여명(黎明)에
붉게 젖은 꽃의 이미지가 밝은 무늬처럼 도드라진다.
방랑을 일삼던 불우한 시인 두보는 50세 전후에 처자(妻子)와 함께
사천성(四川省) 성도(成都)에 정착하여 교외의 완화계(浣花溪)에
초당을 세우고 수년 동안 평화로운 생활을 하였다.
이 시의 말미(末尾)에서는 비에 젖은 새벽 금관성을 바라보며
완화초당 마루에 서 있는 그의 편안한 모습이 그려진다.

# 還自廣陵 환자광릉

## 광릉에서 돌아오는 길에

진관(秦觀 : 宋)

天寒水鳥自相依
천한수조자상의

겨울 못 물새들 서로 의지해 떠 있다가

十百爲群戱落暉
십백위군희낙휘

열 마리 백 마리 떼 지어 낙조를 희롱하네.

過盡行人都不起
과진행인도불기

행인이 지나가도 도무지 아랑곳 않더니

忽聞冰響一齊飛
홀문빙향일제비

얼음 깨지는 소리에 일제히 날아오르네.

---

* 還(환) : 돌아오다
* 戱(희) : 희롱하다
* 落暉(낙휘) : 저녁 햇빛. 낙조(落照)
* 都(도) : 모두
* 響(향) : 울림. 진동하는 소리

석양 아래 한 떼의 물새들이 차가운 못물 위에 떠 있다.
얼어붙는 날씨에 깃이라도 부비며 서로 의지하려 함인가?
삼삼오오 몇 마리씩 따르며 떠돌더니
어느새 열 마리 백 마리 떼를 지어 고요한 겨울 못을
종횡(縱橫)으로 휘젓는다. 낙조 붉게 내리는 수면에 셀 수 없이
여러 갈래 물길을 내며 저마다 맵시 있게도 물을 가른다.
도대체 누가 시킨 몸짓이던가? 누가 시켰기에 이렇게 무리지어
물 위에 비친 낙조를 저리 좋아라 희롱(戱弄)한단 말인가?
놀이에 취한 새들은 사람이 지나가도 알아차리지 못한다.
행인은 못둑길을 다 지나도록 황홀(恍惚)한 이 광경을 구경하는데
문득 못 저쪽에서 쩡 하는 얼음장 갈라지는 소리가 들린다.
그 소리에 온 못의 새들이 놀라 일제히 날아오른다.
푸드득 깃을 치며 수면을 차고 오른다.
아, 어두워지는 하늘 위에 점점이 움직이는 거대한 수묵화(水墨畵)라니!
방금까지 물살을 가르던 그 물새들이다.

# 暮歸 모귀

## 밤길

권필(權韠 : 朝鮮)

夕日已入群動息
석일이입군동식

저녁 해 떨어지자 뭇 움직임 그쳤는데

煙沙露草迷荒原
연사노초미황원

안개 이슬 헤치며 거친 들판을 헤맨다.

虎嘯陰壑夜風烈
호소음학야풍렬

호랑이 울부짖는 골짝 밤바람 매섭고

狐鳴空林秋月昏
호명공림추월혼

여우 우는 빈 숲은 가을 달빛 어둡구나.

---

* 暮歸(모귀) : 저물어 돌아가다
* 迷(미) : 헤매다
* 嘯(소) : 휘파람을 불다. 울부짖다
* 壑(학) : 골짜기

流螢閃閃疑鬼火　반딧불 번뜩번뜩 귀신불처럼 날리는데
유형섬섬의귀화

老樹曖曖知山村　어둠 속 희미한 고목 산마을 있음을 알려주네.
노수애애지산촌

家僮出迎把兩炬　마중 나온 아이 종의 두 손에 들린 횃불에
가동출영파양거

枝間寒鵲驚飛翻　가지에 깃든 추운 까치 놀라 날아오르네.
지간한작경비번

* 閃閃(섬섬) : 나부끼는 모양. 번뜩이는 모양
* 曖曖(애애) : 어둠침침한 모양
* 炬(거) : 횃불
* 翻(번) : 날다

해가 지자 낮의 뭇 생명들이 움직임을 그치고
어둠 속으로 몸을 숨겼다. 고요한 천지는 칠흑처럼 캄캄한데,
저물어 나선 귀갓(歸家)길에 그만 방향을 잃고 말았다.
안개 낀 모래밭을 지나고 이슬 내린 풀숲을 헤치는 사이
어느덧 길을 잃고 거친 들판을 헤매게 된다.
멀리 음침한 골짝에서 불어 오는 매서운 밤바람엔
울부짖는 호랑이 소리가 실려 오고,
어두운 달빛 아래 저 건너 빈 숲에선 여우 울음소리가 음산하다.
이 밤에 길을 나서는 것이 아닌데, 낭패(狼狽)다. 하지만 인가(人家)의
불빛 하나 보이지 않는 이 길에서 달리 어쩔 도리가 없다.
어림짐작으로라도 부지런히 걸음을 옮기는 수밖에.
으스스한 기분을 떨쳐내려 소리 높여 글을 외워도 보고
짐짓 여유롭게 노래도 크게 불러 본다.
그런데 눈앞에 휙휙 날리는 이 불빛들은 또 뭐란 말인가?
말로만 듣던 도깨비불인가? 얼굴에서, 등줄기에서
식은땀이 흐른다. 하지만 정신을 가다듬고 자세히 보니
수많은 반딧불들이다. 긴장이 풀리며, 실없이 겁부터 먹은
자신에게 실소(失笑)하는데 저만치 어둠 속에 희끄무레 보이는
고목이 왠지 낯설지 않다. 아, 우리 마을 정자나무다!
그 아래 횃불을 양손에 든 아이종의 모습이 보인다.
아이가 다가오며 주인 얼굴을 확인하려 횃불을 치켜든다.
그 바람에 정자나무 가지에 깃들어 있던 까치들이
놀라서 어둠 속으로 날아간다.

# 寧越懷古 <sub>영월회고</sub>

## 영월에서의 회고

박영선(朴永善 : 朝鮮)

越中兒女哭如歌
월중아녀곡여가

영월 여인들 곡소리 노래처럼 구슬펐더니

越樹蒼蒼越水波
월수창창월수파

솔숲 푸른 청령포(淸泠浦)엔 물결만 출렁이네.

蜀魄飛來人不見
촉백비래인불견

망제혼(望帝魂) 날아와도 사람들은 몰라보리니

魯陵三月落花多
노릉삼월낙화다

춘삼월 장릉(莊陵)엔 낙화 분분(紛紛)하구나.

---

* 寧越(영월) : 강원도 영월. 조선 제6대 임금 단종(端宗)이 숙부 수양대군에게 왕위를 물려
 준 뒤 노산군(魯山君)으로 강봉(降封)되어 1457년 6월 이 고장의 청령포(淸泠浦)에 유배되
 었다가 그해 10월 목숨을 잃음. 〈청령포〉는 솔숲이 무성하고 서강(西江)의 맑은 물이 삼
 면을 두르고 흘러, 영월 8경(八景)의 하나로 꼽힘.
* 蒼蒼(창창) : 초목이 무성한 모양

단종 임금이 원통히 눈을 감던 당시에

이곳 영월 땅 여인들은 모두 곡을 하며 슬퍼했으니,

그 소리가 마치 아리랑의 구슬프고 한 서린 가락 같았더라.

이제 이곳 청령포엔 울어주던 여인들마저 가고 없는데,

그때처럼 솔숲은 푸르고 서강 맑은 물은 출렁이며 흐른다.

서러운 죽음은 역사가 되어 강물처럼 흘러갔을지라도

그 원혼(冤魂)이야 어찌 이곳을 떠날 수 있었으랴?

원통한 넋은 두견새에 붙어 이 무덤가를 울며 날아다니려니와,

가련한 두견이 피가 나도록 울어도

어린 임금의 넋인 줄 사람들은 모를 것이다.

임금의 외로운 넋을 동무해주는 듯 춘삼월 장릉 위로

난분분(亂紛紛) 낙화가 날리는구나.

---

* 蜀魄(촉백) : 두견(杜鵑)새의 다른 이름. 촉혼(蜀魂)·자규(子規)·망제혼(望帝魂)·귀촉도(歸
  蜀道) 등으로도 불림. 중국 촉(蜀)나라 망제(望帝)가 죽어 이 새가 되었다는 전설이 있음.
* 魯陵(노릉) : 단종의 능(陵)인 장릉(莊陵)을 말함.

# 歸田園居 귀전원거

## 전원에 돌아와 살다

도연명(陶淵明 : 東晉)

| | |
|---|---|
| **野外罕人事**<br>야외한인사 | 번다(煩多)한 인간사(人間事)가 전원엔 별로 없으니 |
| **深巷寡輪鞅**<br>심항과윤앙 | 깊숙한 마을길엔 거마(車馬) 왕래 뜸하네. |
| **白日掩柴扉**<br>백일엄시비 | 한낮에도 사립문은 한가롭게 닫혀 있고 |
| **虛室絕塵想**<br>허실절진상 | 텅 빈 방 안에선 속된 생각 끊어지네. |
| **時復墟曲中**<br>시부허곡중 | 그래도 또 이따금 궁벽(窮僻)한 마을 안에서 |
| **披草共來往**<br>피초공래왕 | 우거진 풀 헤치며 이웃과 서로 내왕하네. |

---

* 罕(한) : 드물다
* 巷(항) : 거리
* 輪(륜) : 바퀴. 수레
* 鞅(앙) : (말의) 가슴걸이
* 掩(엄) : 가리다. 닫다
* 塵(진) : 티끌. 속사(俗事)

相見無雜言　동네 사람 만나도 이런저런 딴말 없고
상견무잡언

但道桑麻長　주고받는 말이란 뽕과 삼 자라는 이야기.
단도상마장

桑麻日已長　뽕나무와 삼대는 날로 쑥쑥 자라고
상마일이장

我土日已廣　부치는 내 땅은 날이 갈수록 넓어진다.
아토일이광

常恐雪霰至　싸락눈 내릴까 봐 언제나 두려우니
상공설산지

零落同草莽　곡식이나 초목이 시들까 해서라네.
영락동초망

* 墟(허) : 황폐한 터
* 曲(곡) : 마을
* 披(피) : 헤치다
* 霰(산) : 싸락눈
* 零(령) : (초목이 시들어) 떨어지다
* 莽(망) : 풀

도시인들 가운데는 실제의 고향과는 무관하게 전원에 대해 향수(鄕愁)
와도 같은 그리움을 품고 있는 사람들이 있다. 그러한 그리움은 전원에서
누릴 평화로운 미래의 꿈으로 영글어 가며 각박한 현실 한 모퉁이를
지탱하는 힘이 되기도 한다. 그러나 세월이 흘러 노년이 되어도 그 꿈을
이루는 사람은 많지 않다. 여건(輿件)을 뛰어넘고 타성(惰性)을 과감히
깨뜨릴 용기를 가진 사람이 드물기에 그럴 것이다.

그런 면에서 도연명은 용기 있는 사람이라 할 것이다. 그는 마음으로만
전원을 예찬한 것이 아니라, 41세란 많지 않은 나이에 거추장스러운
옷을 벗어버리듯 미련 없이 벼슬을 버리고 고향 전원으로 돌아갔다.
전원에 대한 누를 길 없는 사모의 정이 어려움마저 기꺼이 껴안게 하는
용기가 되었으리라.

그가 은퇴를 결심하고 전원으로 돌아갈 즈음 그때의 심경(心境)과 함께
전원에서 누릴 소박한 즐거움들에 대한 기대를 설레는 듯 토로(吐露)한
〈귀거래사(歸去來辭)〉는, 시대를 초월한 명문(名文)으로 평가되고 있다.
그 문장의 빼어남을 논외(論外)로 하더라도, 그 글에 실린 도잠(陶潛)의
자유로운 영혼과 고결(高潔)한 정신은 독자(讀者)의 영혼마저 순수를
향한 향수(鄕愁)에 젖게 해 그가 거니는 전원(田園)의 시냇가로
꿈꾸듯 달려가게 한다.

소망대로 전원으로 돌아와 손수 농사를 짓는 가운데
은일(隱逸)을 즐기는 그의 일상이 질박한 시로 펼쳐진다.

전원에서의 생활이란 단순해 정직한 노동으로 자연을 상대할 뿐
번다한 인간관계가 필요 없다. 수레 타고 멀리서 찾아오는 손님도 드물어
깊숙한 골목길은 언제나 조용하다.
들일이 없는 날이면 굳이 나갈 일도 없으니 한낮이 되도록 사립문은
한가롭게 닫혀 있다. 텅 빈 방 안에 앉아 낮은 책상 위에 책을 펼치면
고금의 현인(賢人)들이 일어나 말을 걸어온다.
책 속의 현인은 스승이 되고 벗이 되어 나를 일깨워 주고 위로해 준다.
나를 기쁘게 해 가슴 뛰게 하고 기운을 북돋워 구름 위로 치솟게 한다.
이윽고 마음 가득 흐뭇함이 고이면 붓을 들어 내가 대답한다.
그러느라 해가 지는 줄도 모르고 내가 농사꾼임도 잊는다. 그러니 속된
세상에 대한 잡념이란 일어날 까닭이 없다. 그렇게 혼자만의 세계에서
즐겨 노닌다 하여 사람들과 교유를 하지 않는 것은 아니다.
궁벽한 시골이라 왕래가 활발한 것은 아니지만 그래도 가끔씩은 길가에
우거진 풀을 헤치며 이웃과 서로 오가곤 한다.
만나면 별다른 이야기 없이 그저 농사 이야기를 주고받는다.
세상 돌아가는 일에 목청 높일 것도, 남의 뒷이야기를 할 것도 없다.
심어둔 농작물 잘 자라고, 부지런히 일해 부치는 내 땅을 늘려 가면
그걸로 좋은 것이다. 다만 때 아닌 싸락눈이 내려 초목이나 곡식
시들어 떨어질까 그것이 걱정일 뿐이다.
낮이면 괭이 메고 들에 나가 농사를 짓고, 밤이 되면 등불 아래 글을
읽고 쓰는 전원에서의 삶. 생각만으로도 마음이 느긋해진다.

# 王昭君 <sub>왕소군</sub>

왕소군

이백(李白 : 唐)

**昭君拂玉鞍**
소군불옥안

왕소군 구슬 안장 어루만지다

**上馬啼紅頰**
상마제홍협

붉은 뺨 눈물 적시며 말에 오르네.

**今日漢宮人**
금일한궁인

오늘은 한나라 궁궐 여인이건만

**明朝胡地妾**
명조호지첩

내일이면 오랑캐 땅 첩이 되겠네.

---

* 王昭君(왕소군) : 중국 전한(前漢) 원제(元帝)의 후궁
* 拂(불) : (먼지 같은 것을) 털다. 닦다
* 鞍(안) : 안장
* 啼(제) : 울다
* 頰(협) : 뺨
* 胡(호) : 오랑캐. 여기서는 흉노(匈奴)를 말함.

왕소군은 전한(前漢) 원제(元帝 : 재위 B.C. 49~B.C. 33)의 후궁으로
흉노의 호한야선우(呼韓耶單于)에게 시집간 비운(悲運)의 여인이다.
당시 한나라는 변방 오랑캐의 군주를 회유할 목적으로 왕가의 여인을 보
내어 정략(政略) 결혼을 시키고 있었던 것이다.
전한시대 궁중 일화 및 잡사(雜事)에 대한 기록물인 『서경잡기(西京雜記)』
는 그때의 이야기를 흥미롭게 전한다.
대제국(大帝國) 한(漢)나라의 황제로서 수많은 여인을 거느리고 있던
원제는 많은 후궁들을 한 사람 한 사람 직접 대면할 수 없어 초상화를
보고 아름다운 여인을 골라 가까이 했다.
이에 대부분의 후궁들이 황제의 사랑을 얻기 위해 초상화를 그리는 화공
에게 뇌물을 바쳤는데 왕소군은 이를 모른 체했다.
그 사실을 괘씸히 여긴 화공이 그녀의 출중(出衆)한 미모를 오히려 추한
모습으로 그려내니, 원제는 초상화를 보고 추녀 왕소군을 흉노에 보낼
것을 명했다. 그러나 막상 흉노의 선우와 함께 말을 타고 떠나는
절세가인(絶世佳人)을 본 원제는 일이 잘못되었음을 알고 크게 후회한다.
이미 돌이킬 수 없는 일이라, 그 아름다움을 아까워하며 떠나보내고
말았지만 노한 나머지 화공을 참형에 처했다.

미인의 기구한 운명은 예나 이제나 세상의 좋은 이야깃거리다.
왕소군의 비극적인 운명 또한 많은 후세 문인들의 마음을 흔들어
그들의 섬세한 붓에 의해 여러 형태의 작품으로 되살아났으니,
이백은 이 시에서 오랑캐 땅으로 떠나가는 그녀의 모습을 여민에
듬뿍 적신 붓끝으로 그려내고 있다.

왕소군이 북쪽 오랑캐 땅으로 떠난다.

비록 황제의 사랑을 받지 못한 후궁의 몸이었을망정

궁궐을 떠나 영원히 돌아오지 못할 낯선 땅으로

떠나는 마음이야 어찌 한스럽지 않으랴?

화려한 비단옷에 아름다운 노리개를 차고 있건만

옥 같은 얼굴엔 눈물이 흐른다. 행렬은 이미 대오(隊伍)를 갖추고

구슬 장식 안장을 얹은 말은 소군이 타기를 기다리는데,

그녀는 차마 말에 오르지 못하고 안장을 닦는 듯 어루만지며 울 뿐이다.

발그레한 두 뺨이 눈물에 온통 젖어, 바라보는 사람의 마음도 서럽다.

이윽고 체념한 듯 말에 오르니 그 처연(悽然)한 모습조차 곱기만 하다.

예로부터 미인은 박명(薄命)하다 했던가? 오늘까지 한나라 궁궐의

여인이었던 몸이 이제 이곳을 떠나 내일이면 오랑캐의 첩이

되고 말 것이니 그 운명을 어찌 기박하다 하지 않으랴?

왕소군의 이 같은 생애야 말할 것이 없겠지만 한편 생각해 보면

기박(奇薄)한 운명이 어찌 반드시 미인에게만 있겠는가?

운명이 사람의 미추(美醜)를 가려 찾아오는 것이 아닐진대,

그것은 말하기 좋아하는 사람들의 공연한 말에 지나지 않으련만

그래도 유독 그리 느껴지는 것은 왜일까?

아마도 미인의 불행은 세인(世人)의 가슴에 더욱 애틋하게 새겨져

오래도록 남아 있기 때문이리라.

# 春遊 춘유
## 봄놀이

왕령(王令 : 宋)

春城兒女縱春游　봄 도성(都城) 아녀자들 봄놀이 흥에 겨워
춘성아녀종춘유

醉倚層臺笑上樓　취해 층대에 기대고 웃으며 누대(樓臺)에 오른다.
취의층대소상루

滿眼落花多少意　눈 가득 지는 꽃잎 정회(情懷)도 하 많은데
만안낙화다소의

若何無个解春愁　봄날 시름 풀어줄 이 어찌 하나 없는고?
약하무개해춘수

---

* 縱(종) : 멋대로. 멋대로 하다
* 醉(취) : 취하다
* 倚(의) : 기대다. 의지하다
* 若何(약하) : 어떻게. 어찌하여
* 無个(무개) : 하나도 없음

마당가 나뭇가지에 꽃망울들이 색색으로 터져 나올 무렵,
마당으로 부엌으로 종종걸음 치던 아낙네의 마음도 살며시 부풀어 오른다.
때마침 도성의 여인들이 삼삼오오 봄놀이를 가서
설레던 마음을 한아름 풀어 놓는다.
일찍 핀 꽃들은 하마 져서 분분히 날리는데, 꽃에 취하고 술에 취한
여인들은 층계에 몸을 기댄 채 하염없이 낙화를 바라보는가 하면
웃고 이야기하며 누대 위로 오르기도 한다.
그러나 무심한 듯 이 여인들을 바라보는 또 한 사람의 시선은 어쩐지
쓸쓸하다. 무르익은 봄 정취 속에서도 지는 꽃을 그냥 보아 넘기지
못하고 수심(愁心)에 잠긴다. 천칭(天秤)과도 같이 예민하고 섬세한
시인의 심금(心琴)은 떨어지는 꽃잎에도 한껏 울리고 마는 것이다.
꽃망울 수줍게 터뜨리며 피어나던 그 고운 꽃들이 한철 봄 다 가기도
전에 이렇게 허망하게 지고 마는가?
애달픈 이 봄날의 시름을 풀어줄 이 아무도 없구나. 무상(無常)의 비애를
자아내기로는 꽃 시절 덧없음에 비할 것이 또 있으랴.

낙화를 보고도 애상(哀傷)에 잠기는 이런 유(類)의 정서를 우리는 흔히
감상(感傷)이라고 말한다. 그러한 정서란 대개 여리고 순수한 마음 바탕
에서 피어나는 것이로되, 창조적인 혼의 소유자들은 그 여린 마음결
생채기에 아름다운 결정(結晶), 진주를 품는 것이다. 사람들은 그들이
품어낸 진주의 신비로운 광채로 영혼을 씻어내고 위로받는다. 그 빛의
세례(洗禮)를 받고서 우리는 뜨겁게 환호하고 한없이 고양(高揚)된다.

# 豆江 <sub>두강</sub>

## 두만강 송어 잡이

홍양호(洪良浩 : 朝鮮)

豆江四月氷雪消
두강사월빙설소

봄 사월 두만강에 얼음 눈 다 녹으니

松魚始自瑟海至
송어시자슬해지

슬해(瑟海)에서 송어 떼 돌아오기 시작하네.

江邊家家結大網
강변가가결대망

강마을 집집에선 큰 그물 엮어서

持網赤身入江水
지망적신입강수

그물 들고 벌거숭이로 강물로 들어가네.

嗟爾逐魚愼勿過半江
차이축어신물과반강

아, 고기를 쫓더라도 부디 강심(江心)은
넘지 말게.

半江之外非吾地
반강지외비오지

강물 절반 저 밖은 우리 땅 아니라네.

---

* 消(소) : 사라지다. 녹아 없어지다
* 結(결) : 맺다. 매듭짓다
* 嗟(차) : 탄식하다(탄식하거나 감탄할 때 내는 소리)
* 爾(이) : 어조사
* 愼(신) : 삼가다

* 邊(변) : 가. 가장자리
* 網(망) : 그물

* 逐(축) : 쫓다

한겨울 흐벅지게 퍼붓던 함박눈과 두터운 얼음장으로 덮였던 두만강.

그 완강하던 눈얼음도 봄이 깊자 흔적 없이 녹아

유장(悠長)한 강물이 되어 흐른다.

바람이 부드러워지고 강물의 시린 기운이 가시니

먼 바다로 나갔던 어린 송어 떼들이 다 자란 몸으로 돌아오기 시작한다.

가볍고 연약하던 치어(稚魚)들이 실하고 미끈한 성어(成魚)가 되어

모천(母川)을 잊지 못해 푸른 물을 거슬러 돌아오는 것이다.

생애의 보람을 몸 가득 품고서 힘겹게 먼 고향을 찾아 삶을 마치려는

비장한 여행길이다. 그러나 그 마지막 여행길은 힘차다.

주어진 생을 한껏 살았으니 다음 세대에 기꺼이 생명의 고리를

이어주고 떠나려는 장한 기운이 온몸에 넘친다.

때맞추어 강마을 어부들은 겨우내 짜고 손질해둔

송어 잡이 큰 그물을 들고 강으로 나간다.

거추장스러운 옷 같은 것은 활활 벗어던지고 벌거숭이가 되어

아직은 서늘한 강물로 들어간다.

두 팔에 불끈 힘을 주고 어지러이 뛰어오르는

송어들을 쫓으며 그물질을 한다.

날래고 펄펄한 고기들과 한 판 승부를 벌이느라 맨몸에 휘감기는

강물이 차가운 줄도 모르고 점점 물결 가운데로 들어간다.

그러나 두만강 기운 찬 어부들이여, 아무리 고기잡이에 여념이

없다 하더라도 강물 가운데를 넘어가지는 말게나. 강물 가운데는

보이지 않는 국경이 있어, 그 너머는 우리 땅이 아니니 조심해서

그물을 던지게. 우리 강에서 그물 가득 송어를 끌어올리게나.

# 村婦 <sub>촌부</sub>

## 시집살이

이양연 (李亮淵 : 朝鮮)

君家遠還好
군가원환호

그대는 친정이 멀어 오히려 좋겠구려.

未歸猶有說
미귀유유설

부모님 뵙지 못해도 그래도 할 말은 있으니.

而我嫁同鄉
이아가동향

한 마을에 시집온 나는 시집살이 매서워

慈母三年別
자모삼년별

자애로운 내 어머니 이별한 지 삼 년이라오.

---

* 村婦(촌부) : 시골 아낙
* 還(환) : 도리어
* 歸(귀) : (집으로) 돌아가다
* 猶(유) : 오히려, 그래도
* 嫁(가) : 시집가다
* 慈(자) : 사랑하다

이 시의 지은이는 조선 후기의 문신(文臣)으로, 남자의 입장이면서도
혹독한 시집살이에 시달리는 여인들의 처지를 핍절(逼切)하게 묘사하고
있다. 그 시절 여자에게 있어 시집가는 일이란, 채 자라지 않은 나무를 뿌
리째 뽑아 낯설고 험한 땅에 옮겨 심는 가혹한 일이었던 경우가 많았다.
그 옮겨간 땅은 이제까지 살던 곳과는 토양이 다르기도 하거니와
거센 비바람마저 몰아치기 일쑤였던 것이다.
부모형제와 헤어짐이 서러워 울며 집을 떠나 시집을 와서 보니,
시부모는 무섭고 남편은 어렵다. 농사일 집안일에 몸이 고되어도
힘들단 말 한 마디 마음 놓고 할 상대도 없다.
아침저녁 정을 나누던 동기간들, 자애롭게 키워 주시던 부모님이
하루에도 몇 번씩 생각나 집 모퉁이에서 몰래 눈물짓는다.
그렇다고 친정에 가고 싶다는 말을 감히 꺼낼 수도 없는데,
남편도 어느 누구도 친정에 다녀오라는 말을 해주는 사람이 없다.
며느리를 맞은 것을, 천애고아(天涯孤兒) 일꾼을 얻은 것으로 여기는 걸까?
친정이 먼 것도 아니고 같은 마을인데도 삼 년이 지나도록
어머니 얼굴을 못 보고 산다. 마음만 먹으면 하루에도 오갈 수 있는
곳에 살면서 이렇게 그리워하고만 있는 것이 더더욱 서럽고 한스럽다.
친정이 멀다면, 멀어서 부모님을 가 뵙지 못한다고 핑계 댈 말이라도
있지. 그렇기라도 하다면 이토록 야속한 마음이 들지는 않을 텐데.
이럴 땐 이웃집 새댁 친정 먼 것이 오히려 좋아 보인다.

친정이 멀어서 좋겠다니…….

오죽이나 안타까워 하는 말일까? 오죽 서러워서 드는 마음일까?

내 딸의 힘든 시집살이는 걱정되면서도,

자신의 가슴속에도 구박 받던 며느리의 한(恨)을 품고 있으면서도

내 며느리에겐 매서운 시집살이를 시키게 되는 것은 무슨 마음일까?

처지에 따라 달라지는 것이 사람 마음일까?

혹시 처지를 초월해 항심(恒心)을 지킬 수 있는 사람이 있다면

그는 아마도 범인(凡人)의 범주를 벗어난 사람이리라.

# 秋思 추사
## 고향 집으로 부치는 편지

장적(張籍 : 唐)

洛陽城裏見秋風　　　낙양성에 머물다 가을바람 맞이하곤
낙양성리견추풍

欲作家書意萬重　　　집에 편지 보내려니 생각이 천 겹 만 겹.
욕작가서의만중

復恐匆匆說不盡　　　총망중(忽忙中)에 하고픈 말 못다 썼나 저어해
부공총총설부진

行人臨發又開封　　　떠날 사람 세워 두고 다시 편지 열어 보네.
행인임발우개봉

* 秋思(추사) : 가을의 상념
* 家書(가서) : 집에서 온 편지, 또는 집으로 보내는 편지. 여기서는 후자를 뜻함.
* 恐(공) : 두렵다
* 匆匆(총총) : 바쁜 모양
* 發(발) : 떠나다

가을은 상념에 잠기기 쉬운 계절이다.

집 뜰에 바스락거리는 낙엽 소리를 들어도

오소소 마음에 한기가 들기 십상인데,

객지에서 소슬한 가을바람을 피부로 받아내는 나그네라면

두고 온 집 생각이 사무칠 법도 하다.

우연히 고향으로 가는 인편을 얻었기에

황황히 집으로 보낼 편지를 쓴다.

떠나온 지 오래라 가슴속에 쌓인 회포는

천 겹 만 겹 한이 없는데 시간은 넉넉지 못하다.

그래도 이 말 저 말 하고픈 말을 다 담아

빼곡히 편지지를 채웠다.

잘 전해달라 부탁하며 행인에게 편지를 건네려는데

문득 스치는 생각이 있어 다시 봉투를 열고 읽어 본다.

혹시나 빠뜨린 말이 있을까 염려되어서다.

이 다음 언제 또 소식 전하게 될지 모르기에

떠나보내기가 못내 아쉬운 것이다.

큰 뜻을 품고 있는 대장부라 할지라도 가족에 대한

이런 애틋함이 있을 때, 품은 뜻이 더욱 값지고

그 성취가 더욱 빛나지 않을는지.

# 江頭 강두

## 자라를 낚으려고

오순(吳洵 : 高麗)

春江無際暝煙沈　　어둠이 내려앉는 아득한 봄 강에서
춘강무제명연침

獨把漁竿坐夜深　　밤 깊도록 홀로 앉아 낚싯대를 잡고 있네.
독파어간좌야심

餌下纖鱗知幾箇　　미끼에 작은 고기 몇 마리나 걸렸던가?
이하섬린지기개

十年空有釣鰲心　　십 년을 헛되이 자라 낚을 욕심 부렸지.
십년공유조오심

---

* 江頭(강두) : 강가　　　* 把(파) : 잡다. 쥐다
* 餌(이) : 먹이　　　　　* 纖(섬) : 가늘다
* 鱗(린) : 비늘. 물고기
* 釣鰲(조오) : 큰 자라를 낚는다는 뜻이지만, 훌륭한 벼슬을 하거나 호탕하고 장한 일을 비유하는 말로도 쓰임. 이 시의 전체적인 맥락으로 보아, 글자 그대로의 뜻으로 보는 것과 함께 비유적인 의미로 보는 시각 또한 별 무리가 없는 것으로 생각되나 여기서는 원래의 뜻을 취하여 감상하였다. (※ '자라를 낚는다' 는 말을 비유적인 의미로 볼 경우, 벼슬길에서 현달하지 못하여 노심초사하다가 뒤늦게 그것이 헛된 욕심임을 깨닫는다는 내용으로 이 시를 파악할 수 있음)

아득히 흘러가는 봄 강은 어둑어둑 저녁 어스름에 잠기는데, 다 늦게
강가에 나와 낚싯대를 담근다. 어둠 속에 홀로 앉아 고기가 물기를 기다
리며 밤 깊도록 낚싯대를 잡고 있다. 자라나 큰 물고기를 잡으려는 욕심
에 밤이슬에 옷이 젖는 것도 마음 쓰지 않는다.

하지만 올 때마다 자리도 옮겨 보고 미끼도 바꾸어 보고 애를 쓰건만
잡히는 건 매번 작은 고기 몇 마리다. 낚싯대를 거둘 때면 심신이 고달프다.
애를 쓰고 욕심을 부려 봐도 마음대로 잘 안 된다. 십 년을 낚시 다니며
자라가 낚이기를 기대하다가 이제야 그것이 헛된 욕심임을 깨닫는다.
그래, 군이 자라나 월척을 잡아야 할 게 무언가?

고기잡이가 생업도 아닌데, 잔고기가 잡히면 놓아주는 맛도 괜찮고
노랫가락 흥얼거리며 빈 망태 메고 돌아오는 것도 나쁠 것 없지.
마음먹기 따라서는 낚시만큼 허허로운 일도 드물 것이다.

무심한 '꾼'이라면 입질을 기다리며, 물속 깊이 잠겨 있는 바늘을 통해
그 아래 별세계와 교감(交感)하는 또 다른 감각을 키우게 될지도 모른다.
무한한 시공(時空)을 유영(遊泳)하는 사색(思索)의 지느러미가 영혼의
등줄기에 서늘히 돋아남을 느끼게 될지도 모른다.

하지만 또 언젠가는 물속으로부터 전해 오는 격렬한 어신(魚信)을,
온 팔을 온몸을 부르르 떨며 받아내게 될 것이다. 그 신호를 받아들일
만반의 마음가짐이야말로 낚시를 여기(餘技)로 가진 생활인들의 삶을
팽팽히 당겨주는 힘이 아니겠는가. 살아가는 동안 생(生)의 모퉁이 모퉁
이에서 조우(遭遇)하게 되는 그러한 허허로움과 팽팽함의 사이에서
참으로 자재(自在)할 수 있다면, 물 같이 흐르는 그 마음만으로도
조촐히 한 생애를 꾸리기에 큰 아쉬움이 없을 것이다.

# 漏屋 누옥
## 비 새는 집

이건초(李建初 : 朝鮮)

屋漏丁東作珮聲
옥루정동작패성

똑똑 비 새는 소리가 패옥 소리 같은데

衣衾點綴紫花明
의금점철자화명

이불 위에는 점점이 자주빛 꽃이 피었네.

呼兒催覓簑衣出
호아최멱사의출

아이 불러 재촉해 도롱이 입고 나섬은

牽動江湖萬里情
견동강호만리정

만 리 강호의 풍정(風情)에 마음이 이끌림이라.

---

* 漏(루) : 새다
* 丁東(정동) : 패옥(佩玉) 따위가 서로 부딪쳐 나는 소리
* 珮(패) : 노리개
* 點綴(점철) : 점을 찍은 것처럼 여기저기 흩어져 있음.
* 牽(견) : 끌다

비가 오자 천정에서 똑똑 빗물이 떨어진다.

그 소리가 쟁그랑 쟁그랑

울리는 패옥 소리처럼 맑다. 맑은 소리를 무심코 듣노라니

방 안에 있던 옷가지며 이불이 젖어 점점이 얼룩져 있다.

그 무늬가 흡사 들판에 핀 자주빛 꽃 같다.

불현듯 마음속에 여름날 소나기구름처럼 뭉게뭉게 설렘이 인다.

빗물에 먼지 씻어내고 말쑥이 앉아 있을 들판의 풀꽃들,

잿빛 하늘 아래 부옇게 젖은 채 웅크리고 있는 앞 산,

징검돌에 넘칠 듯 생기 있게 흘러갈 시냇물…….

젖어 가는 산야의 색다른 풍경을 생각하니

공연히 마음이 들뜨고 바쁘다.

아이를 불러 도롱이를 찾아오라 재촉해 집을 나선다.

그런데 비 새는 지붕은 그냥 두고 비 오는 들판을 보러

이렇게 서두르듯 나가는 것은 꼭 내 탓만은 아니다.

만 리 강호의 그윽한 풍정이 내 마음을 한없이 잡아끄는 데야

난들 어찌 하겠는가? 속절없이 이끌리어 갈 뿐이다.


처마 끝에서 떨어지는 낙숫물 소리가 패옥 소리처럼 맑게 들리는

것이 아니라, 방 안에 새는 빗물 소리가 그렇게 들린다는 것이다.

비 올 때 마당에 흘러내리는 물결의 무늬를 보고 아름답다고 하는 것이

아니라, 빗물에 젖은 이불의 얼룩을 보고 꽃 같다고 하는 것이다.

그것도 모자라 아이에게 도롱이 빨리 찾아오라 재촉해 입고서

들판으로 비 구경하러 나간다.

자신이 생각해도 지나친 것 같은지,

강호의 정취에 마음이 끌려

어쩔 수 없다는 고백을 덧붙인다.

아름다운 것을 좋아하고 산수를 즐기는 것도

이쯤이면 병이 아닐까?

옛부터 이런 사람들이 있어 왔기에

'연하고질(煙霞痼疾)'이나 '천석고황(泉石膏肓)' 같은

운치 가득한 '병명(病名)'도 있는 것이겠지만,

시인은 그중에서도 중증(重症)인 것 같다.

이 중증의 낭만적인 병을 가진 그는 아마 행복할 것이다.

하지만 그러한 낭만도, 건강하고 성실한 생활 위에서

군데군데 화사한 꽃으로 피어난다면

그 아름다움과 싱그러운 향기가

주변까지 행복하게 해줄 것이다.

# 奇息影庵禪老 기식영암선로

## 식영암 노선사에게

이암(李嵒 : 高麗)

浮世虛名是政丞　　뜬세상 헛된 이름이 정승의 얻는 바요
부세허명시정승

小窓閑味卽山僧　　작은 창가 한가함이 산승(山僧)이 즐기는 맛이라.
소창한미즉산승

箇中亦有風流處　　그 가운데 풍류처가 또한 저대로 있으니
개중역유풍류처

一朶梅花照佛燈　　한 가지 매화꽃이 불등(佛燈)에 비쳐 고울레라.
일타매화조불등

---

* 寄(기) : 부치다. 보내다
* 息影(식영) : 그림자를 쉬게 한다는 말로, 활동을 멈추고 휴식함을 뜻함.
* 浮世(부세) : 덧없는 세상
* 風流(풍류) : 속된 일을 떠나서 품격 있고 멋들어지게 노는 일.
* 朶(타) : 가지

학문을 연마하고 몸을 닦아 세상에서 경륜(經綸)을 펼침이 선비 된
사람의 추구할 바라. 각고의 노력으로 입신양명(立身揚名)의 길을 달려
벼슬을 하고 이름을 얻는다.
그런데 어쩐지 마음엔 참된 여유와 편안함이 없다.
권세는 오래 가지 못하고 영욕(榮辱)은 세월 따라 뒤바뀌니
정승의 벼슬인들 어찌 뜬구름 같은 세상의 헛된 이름이 아니겠는가?
그보다는 오히려 외진 암자 작은 창가의 한가함이 있는 그대의 삶이
나은 것 같다. 거기는 또한 애써 찾아가지 않고 공들여 가꾸지 않아도
산과 물, 새와 꽃이 사철 곁에 있음에랴.
그러니 비록 부귀도 인정(人情)도 구하지 않고 세속을 떠나있을망정
자연을 즐기는 풍류야 선사(禪師)가 어찌 버렸겠는가?
불법(佛法)을 구함이 반드시 마음을 식은 재처럼 만들고서야
이루어지는 것이 아닐진대, 지금쯤 절 마당 등불에 비친
한 가지 매화를 그윽이 바라볼 테지.
매화꽃 맑은 향기를 한 마음에 담다가 부처님 발아래 가만히
피워 올릴 테지. 오롯한 진리(眞理)를 향한 길일진대,
그 길이 어느 길이든 높이 오를수록 눈앞이 시원스레 트임인가.

유불(儒佛)도 승속(僧俗)도 걸림이 되지 않는 훤칠한 교유(交遊)가 멋스럽다.
시인은 충선왕 5년 약관(弱冠) 17세에 문과에 급제하여 벼슬이 좌정승에
이르렀으며 뛰어난 서화가(書畵家)로 특히 묵죽(墨竹)에 능했으니, 그러한
학문과 예술이 이처럼 품격 높은 시를 피워낸 토양이 된 것이리라.

# 折花行 절화행
## 모란꽃 꺾어들고

이규보(李奎報 : 高麗)

牧丹含露眞珠顆
목단함로진주과

진주 이슬 머금은 함초롬한 모란꽃을

美人折得窓前過
미인절득창전과

미인이 꺾어들고 창 앞을 지나가네.

含笑問檀郞
함소문단랑

살포시 웃음 지으며 낭군에게 묻기를

花强妾貌强
화강첩모강

꽃이 더 예뻐요, 내가 더 예뻐요?

檀郞故相戲
단랑고상희

짓궂은 낭군이 일부러 놀리느라

---

* 折花(절화) : 꽃을 꺾다
* 行(행) : 시체(詩體)의 한 가지
* 牧丹(목단) : 모란(牡丹)
* 顆(과) : 낟알. 동글고 자잘한 낟알 모양의 물건

| | |
|---|---|
| 强道花枝好<br>강도화지호 | 꽃가지가 더 낫다 시침 떼고 말하네. |
| 美人妬花勝<br>미인투화승 | 꽃이 더 낫단 말에 시샘 난 미인이 |
| 踏破花枝道<br>답파화지도 | 꽃가지 밟아버리고 낭군에게 하는 말 |
| 花若勝於妾<br>화약승어첩 | 이 꽃이 정말 나보다 더 예쁘거든 |
| 今宵花同宿<br>금소화동숙 | 오늘밤은 이 꽃하고 함께 지내시든가요. |

---

* 檀郎(단랑) : 여인이 남편을 높여 부르는 말
* 妬(투) : 시기하다
* 道(도) : 말하다
* 勝(승) : 낫다
* 宵(소) : 밤

활짝 핀 모란의 아름다움에 끌려 미인의 발걸음이 꽃밭으로 향한다.

영롱한 이슬을 머금은 함초롬한 모란의 자태는

아름다운 여인의 눈에도 고혹적(蠱惑的)이다.

화병에 꽂아두려 한 가지를 꺾는다.

꽃을 들고 창 앞을 지나다가 방 안에 있는 낭군에게 물어본다.

꽃가지를 얼굴에 대고 나름대로 교태(嬌態)를 부리며

"이 꽃이 더 예뻐요, 내가 더 예뻐요?"라고 했더니 대답이 뜻밖이다.

짓궂은 낭군이 굳이 시침을 떼고 "꽃이 더 예쁜 것 같소"라고 했으니.

미인이란 말 심심치 않게 들으며 은근히 자신감마저

갖고 있던 아내에게 짐짓 진지한 얼굴로 대답한 말이다.

자신보다 아름다운 대상에 대한 여인의 시샘은

좋아하는 꽃에도 비켜가지 않는가 보다.

들고 있던 꽃을 땅에다 던져 밟아버리고는

"이 꽃이 그렇게 예쁘거든 오늘밤은 이 꽃하고 함께 지내시든가요."

하며 샐쭉 토라진다.

장난기 섞인 시샘이지만 그렇다고 꼭 장난만도 아니다.

놀리느라 한 말이 너무 진지했던가?

그렇더라도 '사실은 당신이 꽃보다 훨씬 더 아름답다'는 말 한 마디면

서운했던 마음이야 금세 풀리게 되어 있지만.

금실(琴瑟) 좋은 부부의 사랑스런 장난에 애꿎은 모란이…….

'꺾인 것도 서럽거든, 밟기까지 하시다니요!'

# 題友人江亭 <sub></sub>제우인강정

벗의 강가 정자

성몽정(成夢井 : 朝鮮)

爭占名區漢水濱
쟁점명구한수빈

수려(秀麗)한 한강 변을 다투듯 차지하니

亭臺到處向江新
정대도처향강신

도처의 정자에선 풍경도 새롭구나.

朱欄大抵皆空寂
주란대저개공적

붉은 난간 누대정자(樓臺亭子) 쓸쓸히 비어 있어

携酒來憑是主人
휴주내빙시주인

술병 들고 찾는 이가 바로 주인이라네.

---

* 占(점) : 차지하다
* 名區(명구) : 명소. 뛰어나게 경치가 좋은 곳
* 濱(빈) : 물가
* 朱欄(주란) : 붉은 칠을 한 난간
* 大抵(대저) : 대체로 보아
* 携(휴) : 들다. 손에 가지다
* 憑(빙) : 기대다. 의탁하다

조선 개국 이후 한양(漢陽)이 시대 문명의 중심이 되자, 경제력이 있는
많은 상류층 인사들은 한양 주변의 풍광 좋은 곳에 다투어 집을 짓고
정자를 세워 운치 있는 삶을 그 속에 담고자 했다.

그들이 터 잡은 도성(都城)의 산기슭과 강변은 그대로 생활 속의 풍류처
(風流處)였으니, 한강 가의 경치 좋은 정자는 선비들이 시주(詩酒)를
즐기며 맑은 호사(豪奢)를 누리는 휴식처이자 문화 공간이었다.

이 시의 지은이는 중종조(中宗朝)에 이조참판을 지낸 사대부(士大夫)의
한 사람으로, 벗의 소유인 정자에 올라 소회(所懷)를 읊었다.

한양의 사대부 문인들이 한강 변의 경치 좋은 곳을 차지하려 앞을 다툰다.
굽이치는 강 언덕 도처에 저마다 날아갈 듯 아름다운 누대와 정자를
세우니, 그곳에서 바라보는 경치는 다 같은 한강이건만
정자마다 새로운 모습의 한강이다.

난간에 기대어 시원한 바람을 맞으며 유유히 흐르는 물을 굽어보는
맛이란 자연 속에서 누리는 작지 않은 호사(豪奢)다.

게다가 마음 맞는 벗들과 함께 술잔을 기울이며 시(詩)를 주고받으니
장부(丈夫)의 참된 즐거움이 이것이라.

붉은 난간을 두른 아름다운 이 정자는 내 벗이 주인이지만
대개는 쓸쓸히 비어 있는데 오늘은 이렇게 내가 찾아 시를 읊고 노닌다.

소식(蘇軾)은 〈전적벽부(前赤壁賦)〉에서 '강 위를 부는 맑은 바람[江上之淸
風]'과 '산 사이에 뜨는 밝은 달[山間之明月]'은 '조물주가 주신 무진장한
보배[是造物者之無盡藏也]'라 했다.

천지의 값없는 풍월(風月)은 누리는 자가 주인(主人)이거니, 이 정자 또한
오늘은 술병 들고 찾아와 즐기는 내가 주인이 아니겠는가.

# 庚子正月五日曉過大皋渡 경자정월오일효과대고도

## 새벽 나루

양만리(楊萬里 : 宋)

霧外江山看不見
무외강산간불견

안개 너머 강과 산 바라봐도 안 보이는데

只憑鷄犬認前村
지빙계견인전촌

개 짖고 닭이 울어 앞마을 있음을 알겠네.

渡船滿板霜如雪
도선만판상여설

흰 눈 같은 새벽서리 강나루 판자에 수북해

印我靑鞋第一痕
인아청혜제일흔

푸른 내 신발로 첫 발자국을 찍는다.

---

* 庚子正月五日曉過大皋渡(경자정월오일효과대고도) : 경자년 정월 초닷새 새벽 대고 나루를 지나다.
* 憑(빙) : 기대다. 의거하다
* 渡船(도선) : 도선장(渡船場). 나루터
* 印(인) : 찍다
* 鞋(혜) : 신
* 痕(흔) : 자취

차가운 새벽 강에 안개가 자욱하다.

발 아래 땅을 겨우 분간할 수 있을 뿐 사방이 뿌연데

어디선가 닭 울고 개 짖는 소리가 들린다.

강 건너 멀지 않은 곳에 마을이 있는가 보다.

풍경이 지워진 인적 없는 나루는 호젓한 별세계인데

나루터 널빤지엔 눈 같은 서리가 수북이 덮여 있다.

푸른 신발로 흰 서리 위에 첫 발자국을 찍고서

소리 없이 물결 가운데로 배를 저어 간다.

이제 곧 햇살이 비치고 무겁게 내려앉은

이 안개가 흩어지면 닭 우는 앞마을도 모습을 드러내겠지.

들일 나가는 주인 따라 또랑또랑한 강아지들

고샅길에 뛰어다니겠지.

신새벽 자욱한 물안개 속에 나루를 건너는

강마을 나그네의 상념도 한 잎 조각배에 실려 간다.

벽에 걸면 그대로 그림 액자가 될 것 같은 시(詩)이다.

# 傷春 <sub>상춘</sub>

## 봄앓이

신종호(申從濩 : 朝鮮)

茶甌飮罷睡初醒　　한 사발 차를 마시고 나니 졸음 기운 사라지는데
다구음파수초성

隔屋聞吹紫玉笙　　저 건너 뉘 집에선지 생황(笙篁) 소리 들려오네.
격옥문취자옥생

燕子不來鶯又去　　제비는 오지 않고 꾀꼬리 울다 날아가니
연자불래앵우거

滿庭紅雨落無聲　　뜰 가득 붉은 꽃비가 소리도 없이 내리네.
만정홍우낙무성

---

* 茶甌(다구) : 찻잔, 찻사발
* 醒(성) : (술기운이나 졸음이) 깨다
* 吹(취) : 불다
* 紫玉笙(자옥생) : 자옥(紫玉)으로 만든 생황
* 생황(笙篁) : 아악(雅樂)에 쓰는 관악기의 하나

봄기운 나른하여 가벼운 졸음을 불러오는데
고즈넉한 방 안에 앉아 차를 달여 마신다.
솔숲을 지나온 바람인양 쏴아 다관(茶罐)에서 울려 나오는
삽상(颯爽)한 소리에 귀를 씻어내고, 가만히 피어오르는 차향에
아득히 비상(飛上)의 꿈을 실어본다.
단아한 찻잔에 담긴 신비로운 차 빛깔은 고요한 마음자리를
비추는데, 이윽고 한 모금을 입에 머금으니 깊고 묘한 그 맛은
잠시 내 몸과 앉은 자리를 잊게 하나니, 선(禪)의 경지가 멀지 않음이라.
이렇게 한 사발 차를 다 마시고 나자 몽롱하던 정신은
어느 듯 맑은 솔바람을 쐰 듯 쇄락(灑落)하다.
채 가시지 않은 그윽한 여운에 잠겨 있으려니,
멀지 않은 이웃에서 맑고 아름다운 생황의 가락이 들려온다.
한 사발 차가 이끌어낸 아취(雅趣)에다
뜻밖의 호사(豪奢)가 더해짐이 아닌가.
그러나 이 가운데서도 시름겨운 일 하나 있으니,
어느새 시들어 지고 마는 봄꽃의 일이다.
제비는 오지 않고 꾀꼬리마저 날아가 버리니,
꽃이 진다고 서운히 울어주는 새 한 마리 없는데 소리 없이
저 혼자 꽃잎이 떨어진다. 미진(未盡)함도 머뭇거림도 없이
하르르 하르르 뜰 가득 붉은 꽃비로 내려,
보는 이로 하여금 마음을 앓게 한다.

# 梁州客館別情人 양주객관별정인
## 이별

정포(鄭誧 : 高麗)

五更燈燭照殘粧　　어스름 새벽 등불이 지워진 화장을 비추는데
오경등촉조잔장

欲話別離先斷腸　　이별을 말하려니 창자가 먼저 끊어지네.
욕화별리선단장

落月半庭推戶出　　지는 달빛 연연(娟娟)한 뜰로 방문을 밀고 나서니
낙월반정퇴호출

杏花疎影滿衣裳　　살구꽃 성긴 그림자 옷 위에 가득 떨어지네.
행화소영만의상

---

* 梁州客館別情人(양주객관별정인) : 양주 객사(客舍)에서 정든 님과 이별하다.
* 五更(오경) : 새벽 3-5시 사이
* 殘粧(잔장) : 지워진 화장
* 推戶(퇴호) : 지게문을 밀어서 열다.
* 연연(娟娟) : 빛이 엷고 고운 모양

어스름 새벽 객창 아래 등불은 꺼질 듯 가물거리는데 등불에 비친
정인(情人)의 얼굴엔 어두운 그늘이 져 있다. 고왔던 화장은 밤새
눈물에 지워지고, 단아한 자태는 슬픔으로 무너질 듯하다.
백 년이라도 함께 하고 싶은 어여쁜 님이건만 이별 앞의 밤은 짧기만 해
새벽이 벌써 방문 밖에 와 있다. 어찌해야 하나?
이젠 헤어져야 한다 말을 하려니
말하기도 전에 벌써 창자가 끊어질 듯 마음이 아프다.
말없이 일어서는데 눈물 흔적 완연한 님은 애써 얼굴빛을 고친다.
떨리는 손끝으로 공연히 떠날 사람 옷매무새를 만져주는 모습이,
안 가면 안 되느냐고 울며 잡고 매달리는 것보다 더 안쓰럽다.
방문을 열고 뜰로 나서니 희미한 새벽 달빛은 살구나무를 비추고
살구꽃 성긴 그림자는 옷 위에 가득 떨어진다.
옷에 얼룩진 꽃 그림자를 보노라니,
발걸음 옮기면 스러지고 말 애잔한 님의 마음만 같다.
차마 떨어지지 않는 발길로 옅은 어둠 속으로 나아가는데…….
멀어지는 그 모습을 보지 않고 여인은 아마도 돌아섰으리.
떠나고 보내는 일이란 그 대상이 누구든 대개 슬프고 아쉬운 정을
동반하게 되거니, 하물며 이룰 수 없는 사랑의 이별이랴?
무릇 이룰 수 없는 사랑이란, 이러한 슬픔을 감내(堪耐)한 이별이
있고서 영원히 훼손되지 않는 진정한 사랑으로 완성되는 것이리라.
더욱이 성숙한 인격으로 절제된 슬픔은 보는 이의 마음에
비감(悲感)과 미감(美感)을 함께 물러일으킨다.

# 送靈澈上人 송영철상인

영철 스님을 보내며                                              유장경(劉長卿:唐)

**蒼蒼竹林寺**　　푸른 숲 우거진 산속 죽림사
창창죽림사

**杳杳鐘聲晚**　　아득히 저녁 종소리 들려오는데
묘묘종성만

**荷笠帶斜陽**　　석양에 연잎 삿갓 눌러 쓴 스님
하립대사양

**靑山獨歸遠**　　홀로 먼 길 청산으로 돌아가누나.
청산독귀원

* 上人(상인) : 스님의 존칭
* 蒼蒼(창창) : 초목이 무성한 모양
* 杳杳(묘묘) : 아득한 모양
* 荷笠(하립) : 연잎 삿갓

스님이 길을 간다.

푸른 숲 우거진 산속 절로 돌아가는 길이다.

해는 기울어 하늘은 붉게 물들었는데

아득히 보이는 먼 산으로부터

절 종소리가 은은히 들려온다.

동행도 행인도 없는 빈 들판 길을

연잎 삿갓 눌러 쓴 스님이 홀로 걸어간다.

먼 길 다 못 가 곧 어둠이 내려앉을 텐데

무심한 듯 휘적휘적 노을 진 하늘 끝으로 걸어 나간다.

허공(虛空)을 아름 안고서

번뇌(煩惱)의 강 한가운데를 넘실넘실 헤어 간다.

묻노니 선사(禪師)여,

강 건너 피안(彼岸)은 어디쯤인가?

# 絶句 절구

## 아이야 촛불 켜지 마라

최충(崔冲 : 高麗)

**滿庭月色無烟燭**
만정월색무연촉

뜰에 달빛 가득하니 촛불일랑 켜지 말고

**入座山光不速賓**
입좌산광불속빈

자리에 산빛 찾아 드니 손님 청할 것 없다네.

**更有松弦彈譜外**
갱유송현탄보외

그 위에 솔거문고 있어 악보 밖의 곡을 타니

**只堪珍重未傳人**
지감진중미전인

가만히 보배로 즐길 뿐 남에게 전할 길 없네.

---

* 絶句(절구) : 한시(漢詩)의 한 체(體). 기(起) · 승(承) · 전(轉) · 결(結)의 네 구(句)로 되어 있으며, 오언절구(五言絶句)와 칠언절구(七言絶句)가 있음.
* 弦(현) : 악기의 줄, 또는 줄을 이용하여 만든 악기
* 速(속) : 부르다. 초청하다                  * 更(갱) : 다시
* 彈(탄) : (악기 같은 것을) 타다              * 譜(보) : 악보
* 堪(감) : 감당하다. 능히 하다                * 珍(진) : 귀하게 여기다
* 重(중) : 소중히 여기다

아이야 촛불 켜지 마라.

뜰 가득한 달빛이 촛불 없어도 은은히 어둠을 밝혀주나니.

손님 불러 청하지 마라.

산빛이 손님인양 자리에 찾아 드는 것을.

그 위에 다시, 솔숲에 불어오는 바람 소리 있으니

누군가 악보 없이 타는 천상의 거문고 가락이 아니런가?

보배로운 이 즐거움은 혼자서 가만히 감당할 뿐,

남에게 무어라 알려줄 길이 없구나.


전할 길 없다고 한 맑은 홍취가 도리어 뭉클 전해진다.

달빛, 산빛, 솔바람…. 자연은 어떤 모습으로 다가와도

우리를 가만히 들뜨게 한다. 경이로운 기쁨을 선사한다.

그러나 어쩌면 시인의 마음에 맑은 홍취를 일게 한 그 어떤 자연보다도,

자연으로부터 감흥을 받고 그것을 보배롭게 여길 줄 아는

그 심성(心性)이 더욱 귀한 것이리라.

그러한 순수한 마음에 일어난 감흥은 여느 마음으로

그대로 전해지게 되나니.

시인이란, 조물주가 써 놓은 '자연'이란 악보를 여느 마음이

들을 수 있게 연주해내는 솜씨 좋은 연주가(演奏家)가 아닌가.

## 夫子於山陽買田數頃勤力稼穡
## 妾作農謳數篇 부자어산양 매전수경 근력가색 첩작농구수편

### 농부의 아내가 부르는 노래

삼의당 김씨(三宜堂金氏 : 朝鮮)

竹籬東畔早鷄鳴
죽리동반조계명

대울타리 동쪽에 새벽 닭 울면

在家農夫出畝耕
재가농부출묘경

낭군은 집을 나서 밭 갈러 가네.

小姑汲水炊麥飯
소고급수취맥반

시누이 물 길어 와 보리밥 짓는데

大姑洗鼎作葵羹
대고세정작규갱

시어머니 솥 씻어 아욱국 끓이네.

---

* 夫子於山陽 買田數頃 勤力稼穡 妾作農謳數篇(부자어산양 매전수경 근력가색 첩작농구수
편) : 낭군이 산 남쪽에 몇 마지기 밭을 사서 농사에 부지런히 힘쓰기에 아내로서 농요
몇 편을 짓다.
* 頃(경) : 밭 넓이의 단위(백 이랑)          * 稼穡(가색) : 곡식을 심고 거두는 일
* 謳(구) : 노래                              * 畔(반) : 두둑. 경계(境界)
* 畝(묘) : 이랑. 두둑                        * 汲(급) : (물을) 긷다
* 炊(취) : 불 때다. 밥을 짓다                * 鼎(정) : 솥
* 葵羹(규갱) : 아욱국

농촌의 아침은 일찍 깨어난다.

대울타리 동쪽에서 파루(罷漏)인양 새벽닭이 울면

농가에 딸린 식구들이 하루를 시작한다.

집 뒤 대숲에 자던 새들은 앞마당 감나무에 가득 날아와

소란스레 지저귀며 아침 점호를 한다.

헛간 곁에 있던 흰둥이는 마당가 풀섶에서 무언가를 찾아내

입에 물고는 경중경중 뛰며 꼬리를 친다.

병아리 티를 벗은 닭 몇 마리는 의젓하게 앞장 서 가는

어미 닭을 따라 풀밭을 산책하는데,

가볍게 고개를 돌려 좌우로 보기도 하며

풀 사이를 부리로 쪼기도 한다.

일가(一家)의 보기 좋은 아침 산책이다.

방 안에선 부스럭 인기척이 나더니

어느새 남편이 마당에 나와 소를 몰고 나선다.

산 아래 새로 산 밭을 식전에 갈고 오려는가 보다.

시누이는 우물에서 물을 길어 와 보리쌀을 씻어 안치고

아궁이에 불을 땐다. 시어머니도 솥을 씻고 아욱을 다듬더니

된장 풀어 보글보글 국을 끓인다.

밥솥에 김이 오르니 향긋한 보리밥 냄새가 부엌에 번지는데,

구수한 토장국 냄새도 한데 어우러진다.

나는 참기름으로 조물조물 나물을 무치고는

닭장에 가서 갓 낳은 따뜻한 달걀을 몇 개 꺼내 온다.

밭갈이 나간 남편이 돌아오기 전에 좋아하는 반찬을 고루 만들어야지.

농가의 평화로운 아침 풍경이다.

부지런한 남편에 알뜰한 아내,

선한 시어머니와 순박한 시누이의 모습이 보인다.

식구들 모두 밝고 따뜻한 아침 햇살을 닮았다.

그런데다 그 아내는 성실한 남편에게 시를 지어

마음을 표시할 줄 아는 현숙(賢淑)하고 사랑스런 여인이다.

그런 가족들이 꾸려가는 가정이야,

삶의 풍파가 범접치 못할 아름답고 견고한 성(城)이 아니랴?

그런 식구들이 둘러앉은 밥상이야 제왕의 수라상이 부러우랴.

입 안에 머금은 아욱국은 달고, 보리밥은 부드럽게 목으로 넘어간다.

어찌 보면 삶이란, 행복이란 그리 복잡한 것도 거창한 것도 아니리라.

저마다 밥상 앞에 앉기까지 수고롭게 일하고,

그 밥을 맛있게 먹으며 정을 나누고 보람을 키워가는 것

그것이 삶이요 행복이라 할 수도 있을 것이다.

그 세월의 이랑 사이에 풀씨처럼 떨어져

싹튼 인지(人智)가 자라고 또 이어져 가는 것이

문명(文明)이요 역사(歷史)라 할 수도 있을 것이다.

# 禮城江阻風 <sub></sub>예성강조풍

예성강에 바람 불어

이곡(李穀 : 高麗)

山居畏虎豹
산거외호표

산속에 살자니 호랑이 표범이 두렵고

水行厭蛟蜃
수행염교신

물길로 가려니 이무기 교룡이 싫다네.

人生少安處
인생소안처

사람 사는 세상에 편안한 곳 별로 없어

肘下生白刃
주하생백인

팔꿈치 아래서도 시퍼런 칼날 나오네.

不如從險易
불여종험이

험난하든 순탄하든 길을 따름이 좋으니

天命且自信
천명차자신

천명이 있음을 스스로 믿음이라.

---

* 禮城江阻風(예성강조풍) : 예성강에서 바람에 막히다.
* 畏(외) : 두렵다　　　　* 虎豹(호표) : 호랑이와 표범
* 厭(염) : 싫다　　　　* 蛟蜃(교신) : 교룡과 이무기
* 肘(주) : 팔꿈치

速行固所願
속행고소원
강을 건너 빨리 감이 본래 원하는 바이나

遲留亦何吝
지류역하린
바람에 지체된다고 또 어찌 아쉬워하랴.

日月江河流
일월강하류
세월은 강물처럼 쉬임 없이 흘러가니

百年眞一瞬
백년진일순
백 년도 덧없어 참으로 한순간 같네.

作詩相棹歌
작시상도가
시를 지어 읊조리고 뱃노래 부르노라면

明當風自順
명당풍자순
내일은 바람이 절로 순해지리니.

---

* 險易(험이) : 위험(危險)과 안이(安易)  * 吝(린) : 아까워하다. 한(恨)하다
* 速行(속행) . 빨리 기디  * 遲(지) : 더디다
* 留(류) : 머물다
* 棹歌(도가) : 노를 저으며 부르는 노래. 뱃노래

이러자니 이게 걸리고 저러자니 저게 걸린다.

산속에 살자니 호랑이나 표범이 무섭고

물길로 가자니 이무기나 교룡 같은 수중 괴물이 있을까 꺼려진다.

사람 사는 곳 어디라도 편안한 데가 별로 없으니,

팔꿈치 아래서 시퍼런 칼날이 불쑥 나오는 것 같이

지척에서 난데없는 위험이 닥칠 수도 있는 일이다.

그러니 어찌하나, 산에도 물에도 세상 어디에도

온전히 편안한 곳은 없는데.

인간사 화(禍)와 복(福)이 피한다고 면해지고

구한다고 얻어지는 것이 아닌 줄 알면서도,

그래도 자꾸만 아등바등 애가 쓰인다.

그러나 살면서 체득하게 되는 것은,

억지를 쓰고 매달리는 것이 험난한 길이든 순탄한 길이든

주어진 길을 순리대로 따르는 것만 못하다는 것이다.

사람은 다만 하늘의 선한 뜻을 믿고

스스로 할 수 있는 일에 힘을 다할 뿐이니.

오늘이라도 강을 건너 빨리 가고 싶은 것이 내 마음이지만
강풍에 막혀 머물게 되었다고 아쉬워할 것은 없다.
세월은 강물처럼 쉬임없이 영원의 바다로 흘러드나니,
그 속에서 백 년 세월은 덧없이 일어났다 스러지는
파도의 흰 거품에 지나지 않는다.
백 년 세월이 그러하듯 우리의 삶 또한 한 조각 구름처럼
가볍고 무상(無常)하거늘, 하루 이틀 지체된다고
조급해 할 이유가 무엇이란 말인가?
내일 일은 하늘에 맡기고 오늘밤은 강물 위로 불어오는
거친 바람을 느긋하게 맞이하자.
시를 지어 읊조리고 뱃노래도 부르며.
그러다 보면 내일은 바람이 절로 순해지겠지.

# 路上有見 노상유견
## 길에서 보고

강세황(姜世晃 : 朝鮮)

凌波羅襪去翩翩
능파나말거편편

비단 버선 사뿐사뿐 발걸음도 단아한데

一入重門便杳然
일입중문변묘연

중문을 한번 들어서자 그 모습 간 곳 없네.

惟有多情殘雪在
유유다정잔설재

다정도 하여라, 잔설이 아직 덮여 있어

屐痕留印短墻邊
극흔유인단장변

키 낮은 담장을 따라 신발자국 찍혀 있네.

---

* 凌波(능파) : 파도 위를 걷는 것 같다는 뜻으로, 미인의 걸음걸이의 가볍고 우아한 모양을
  형용하는 말.
* 羅襪(나말) : 비단 버선
* 翩翩(편편) : 새가 가볍게 나는 모양. 아취(雅趣) 있는 모양
* 重門(중문) : 대문 안에 다시 세운 문
* 便(변) : 곧. 문득
* 杳然(묘연) : 알 길이 없이 까마득함
* 屐(극) : 신(사람이 신는 신의 범칭). 나막신

오고가는 사람들 중에 우연히 한 여인이 눈에 띈다.

아름다운 용모에 단아한 걸음걸이가 한눈에도 남다른 기품이 느껴진다.

그대로 지나쳐버릴 수 없어 은근한 눈길을 떼지 못하는데,

그 눈길을 모르는지 여인은 사뿐사뿐 가벼운 발걸음으로 길을 갈 뿐이다.

걸음을 옮길 때마다 풍성한 치마 아래 살짝살짝 드러나는

꽃신과 비단 버선을 보니 가슴이 띈다.

작은 비단 버선은 이른 봄 마중을 나온 나비인양 나풀나풀

잔설(殘雪)이 덮인 길 위를 걸어 한 대문을 들어서더니

이내 중문 안으로 사라진다.

길 가다 우연히 맞은 행운이긴 하지만

이대로 사라지고 말다니 너무나 아쉽다.

행여 다시 보일까 한참을 서성거려도 우아한 그 자태는 묘연하다.

허탈한 마음으로 발길을 돌리는데,

얇게 덮인 잔설 위에 자그마한 발자국들이 얌전히 찍혀 있다.

아, 다정하기도 해라. 낮은 담장 가에 그녀의 예쁜 자취가

이렇게 남아 내 허전한 마음을 위로해 주는구나.

길 가던 여인의 우아한 자태에 마음을 빼앗겨

그녀가 남긴 발자국을 보고서도 다정하다고 감격한다.

이 시를 지은 표암(豹菴)은 조선 후기의 뛰어난 사대부 화가로,
시서화(詩書畵)의 삼절(三絶)로 불릴 만큼 그 학문과 서화에 대한
조예(造詣)가 깊었다.
젊어서는 벼슬에 뜻이 없어 작품 활동에만 전념하다가 만년에
환로(宦路)에 나아갔지만, 이 시에서는 근엄한 유학자이기보다는
다감(多感)하고 자유분방한 예술가로서의 면모가 엿보인다.

작은 기쁨, 한순간의 매혹도
예술인의 신선한 감성에 가 닿으면
작품으로 꿰어질 한 알의 구슬이 될 수도 있다.

비단 버선 신은 여인에의 매혹도
어쩌면 그의 작품의 일단(一端)에
어떤 모습으론가 반영되었을지 모른다.
가볍게 스쳐 가는 향기는 스쳐 지나가고 말기에
그 향기가 더욱 가슴을 뛰게 하고 여운은 오래 남는 것이리라.

# 棄官歸鄉 기관귀향

## 귀향

신숙(申淑 : 高麗)

耕田消白日
경전소백일

밭갈이 재미 붙여 세월을 보내고

採藥過靑春
채약과청춘

약초 캐러 다니며 봄날을 지낸다.

有山有水處
유산유수처

산이 있고 물이 있고 안개 놀 있는 곳에

無榮無辱身
무영무욕신

영예도 욕됨도 없는 무심한 이 몸이라.

---

* 棄官歸鄉(기관귀향) : 벼슬을 버리고 고향에 돌아오다.
* 消(소) : 없어지게 하다
* 採藥(채약) : 약초를 캐다
* 榮(영) : 영화
* 辱(욕) : 욕되다

세상이 알아주면 나아가 벼슬을 하고 세상이 나를 버리면
물러나 몸을 닦는 것이 선비의 진퇴(進退)라 했다.
청운의 포부(抱負)로 환로(宦路)에 몸을 담았다가도,
물러나 고향으로 돌아와서는 떠나온 길에 미련을 두지 않는다.
어지러운 세상사 저만치 던져버리고 야인(野人)의 삶을
편안히 누리나니, 밭 갈고 씨 뿌리며 세월을 보내고 산에 올라
약초 캐며 푸른 봄날을 보낸다.
더운 한낮이면 시냇물에 첨벙 들어가 천렵(川獵)도 하고
밤이면 등불 아래 고요히 앉아 책을 읽는다.
분주한 바깥세상을 멀리 떠나 있지만 그곳이 그다지 그리울 것도 없다.
영예(榮譽)도 치욕(恥辱)도 없는, 안개 끼고 노을 지는
강호(江湖)의 한 모퉁이가 또한 족히 몸을 붙여 살 만한 곳이거니.
그러나 실상 넉넉할 것 없는 궁벽(窮僻)한 시골에서의 삶이
누구에게나 다 여유롭고 편안할 수는 없을 것이다.
스스로 그 마음속에 또 다른 한 세상을 넉넉히 품고서야,
여유를 찾을 수도 편안함을 누릴 수도 있을 것이다.
밭 갈고 약초 캐는 일로 무심히 소일하며 푸른 산 맑은 물 곁에서
영욕(榮辱)을 잊고 자적(自適)할 수 있을 것이다.

# 竹 죽
## 대나무

진여의(陳與義 : 宋)

高枝已約風爲友　　바람 불면 높은 가지 바람과 벗이 되고
고지이약풍위우

密葉能留雪作花　　눈 오면 빽빽한 잎은 눈꽃을 피우네.
밀엽능류설작화

昨夜常娥更瀟灑　　어젯밤 하강한 항아님 한결 교교(皎皎)한 자태로
작야상아갱소쇄

又攜疏影過窓紗　　성긴 대 그림자 끌고 깁창을 지나가시데.
우휴소영과창사

---

* 常娥(상아) : 달에 산다는 선녀, 항아(嫦娥). 달을 달리 일컫는 말로 쓰임.
* 更(갱) : 다시, 그 위에 더
* 瀟灑(소쇄) : 맑고 깨끗함
* 攜(휴) : 끌다
* 紗(사) : 깁, 비단
* 교교(皎皎) : (달빛이) 맑고 밝은 모양

대나무 높은 가지는 가벼운 바람에도 곧잘 흔들리며
수런수런 바람과 벗하기를 좋아한다.
그러다 센 바람을 만나면 반가워 온몸으로 출렁이며
쏴아 파도소리를 낸다.
빽빽한 잎새는 또 흰 눈의 친구다.
눈이 오면 그냥 털어내 버리지 않고 잎새 사이사이
다정하게 붙들어두고 순백의 꽃을 피운다.
바람과 눈만이 아니다.
아리따운 항아님도 하강하면 대나무와 즐겨 노니나니.
어젯밤에도 한결 교교(皎皎)해진 자태를 뽐내며
성긴 대 그림자를 이끌고 깁창 가를 지나가시데.

대나무는 홀로 있어도 속기(俗氣)를 멀리한 청정(淸淨)한 운치가
빼어나지만 바람이나 눈, 달과 함께 어울리면 더욱 고아(高雅)한
풍취를 풍긴다. 인품이 고매(高邁)한 벗들이 한자리에 모이면
품격 높은 교유로 한층 더 향기를 발하게 되는 것과 다르지 않으리.
이 시에서는 자연물들을 정감어린 필치로 의인화하고 있다.
그중에서도 밝은 달빛 아래 대 그림자가 비단 창에 비치는 정경을,
항아가 맑은 자태를 뽐내며 대 그림자를 끌고
비단 창을 지나간다고 한 표현은 단연 압권(壓卷)이다.

# 逢雪宿芙蓉山主人 봉설숙부용산주인
## 눈보라 치는 밤

유장경(劉長卿 : 唐)

日暮蒼山遠
일모창산원

저문 하늘 눈발 날려 어스름 산길 먼데

天寒白屋貧
천한백옥빈

찾아든 산중 모옥(茅屋) 춥고 가난하구나.

柴門聞犬吠
시문문견폐

성긴 사립 언저리서 들려오는 개 짖는 소리

風雪夜歸人
풍설야귀인

눈보라 치는 이 밤에 주인이 돌아오는가.

* 逢雪宿芙蓉山主人(봉설숙부용산주인) : 눈을 만나 부용산 주인에게서 묵다.
* 蒼(창) : 해 질 무렵의 어스레한 모양
* 白屋(백옥) : 흰 띠로 지붕을 이은 집. 모옥(茅屋)
* 柴門(시문) : 사립문
* 吠(폐) : 개가 짖다

짧은 겨울 해가 뉘엿뉘엿 지려 한다.

산중의 길손은 아직 하루의 노정(路程)을 끝내지 못하고

길 위에 있는데, 저물어 가는 하늘에 희끗희끗 눈발마저 날리니

쓸쓸한 산길은 멀기만 하다.

눈발이 더 굵어지고 어두워지기 전에 묵을 곳을 찾아야지.

어렵사리 인가를 찾아 하룻밤을 의탁하고 보니 참 가난한 살림이다.

풍설을 막아주는 집이래야 띠풀로 지붕을 인 허술한 모옥이라,

방 안까지 찬바람이 스며든다.

집 주인은 청산이 좋아 이곳에 살고 있는 것이 아니라

어쩌면 삶에 쫓겨 인적 없는 이 깊은 곳에까지 흘러든 것이리라.

밖에는 눈보라 치는 소리가 스산한데 낯선 아랫목에서

길손은 이런저런 생각에 잠긴 채 누워 있다.

설핏한 잠결에 개 짖는 소리가 들린다.

얼기설기 잡목으로 엮은 사립문께서 나는 소리다.

이 눈보라 속에 누가 오는가 보다.

산 아래 마을로 내려갔던 주인이 돌아오는가?


깊은 산속 외딴 오두막의 불청객이 되어 방문 밖에 휘몰아치는

눈보라 소리를 들으며 하룻밤을 지내는 일은,

할 수만 있다면 지금의 우리도 한 번쯤 해봄직한 일이 아닐까?

생활의 묵은 때와 문명(文明)의 독(毒)이 시원스레 씻겨나갈 것 같다.

# 慵甚 용심
## 노년의 게으름

平生志願已蹉跎
평생지원이차타

평생에 품은 뜻 이미 틀려버렸거니

爭奈衰慵十倍多
쟁내쇠용십배다

늙은 몸에 게으름은 어찌 이다지 심한고?

午枕覺來花影轉
오침각래화영전

낮잠에서 깨어나니 꽃 그림자 저만치 있는데

暫携稚子看新荷
잠휴치자간신하

어린 아들 손잡고 새로 핀 연꽃 보러 가네.

---

* 慵甚(용심) : 게으름이 심해지다
* 蹉跎(차타) : 발을 헛디디어 넘어짐. 때를 놓침. 불운하여 뜻을 얻지 못함.
* 爭奈(쟁내) : 어찌
* 暫(잠) : 잠시
* 携(휴) : 이끌다

남아로 태어나 평생의 큰 뜻을 품고서 그 뜻을 이루고자
힘을 다해 왔건만 지금 와서 보니 이미 틀려버린 것 같다.
늙고 쇠한 몸이라 기력도 의욕도 떨어지고 한창 때에 비하면
게으름이 열 배는 늘어났다. 그러니 이제 무엇을 더 할 수 있겠는가?
답답하고 서글픈 마음 금할 수가 없다. 한낮에도 까닭없이
몸이 나른해 낮잠을 자고 일어나 보니 해는 설핏 기울고,
마당의 꽃 그림자는 해를 따라 저만치 옮겨가 있다.
짧은 낮잠 뒤에 몸은 한결 개운해지고 마음이 차분히 가라앉는다.
생각해보면 모든 일엔 때가 있고, 사람은 저마다 분수와 한계가 있는
법인데 분외(分外)의 것에 연연(戀戀)해 함도 옳은 일이 아니리.
비록 뜻을 다 이루지는 못했다 해도 힘껏 도리를 행하며
성실히 살아온 것도 부끄러울 것 없는 떳떳한 삶이 아니겠는가?
힘을 다해도 이루지 못한 것은 내 몫이 아니거니, 더는 마음에 두지 말자.
세월이 흐르는 대로 순하게 늙음을 받아들이고
물이 흐르듯 꽃이 피듯 그렇게 살다 떠나야 하리.
안 보는 사이 연꽃이 새로 피었으려나?
마당에 노는 아이를 불러 연못에나 가보자.
큰 근심 없이 늙어가며, 늦게 얻은 어린 아들 손잡고
연꽃 구경하는 것도 그다지 엷은 복이 아니려니.

# 百年心 백년심
## 백 년의 마음

김부용당 운초(金芙蓉堂 雲楚 : 朝鮮)

遲日鶯啼小杏陰
지일앵제소행음

긴 봄날 꾀꼬리는 살구 그늘에 우는데

佳人悄坐繡簾深
가인초좌수렴심

미인은 근심스레 수렴(繡簾) 깊숙이 앉았네.

願取春風無限柳
원취춘풍무한류

봄바람에 흔들리는 버들가지 꺾어다가

絲絲綰結百年心
사사관결백년심

수많은 그 실가지로 백 년 마음 맺었으면.

---

* 遲日(지일) : 봄날(봄은 해가 길고, 늦게 지기 때문에 이르는 말)
* 悄(초) : 근심하다. 낙심하여 근심에 잠기다
* 繡簾(수렴) : 수를 놓은 화려한 발
* 綰(관) : 묶다. 매다
* 結(결) : 맺다. 얽어매다

해 긴 봄날에 꾀꼬리는 뜰 안의 작은 살구나무 그늘에서
청아(淸雅)하게 우짖는데, 미인은 수놓은 발을 드리우고
방 안 깊숙이 근심에 잠겨 앉아 있다.
부드러운 봄바람을 타고 꾀꼬리 소리가 귓전을 울리니
한 몸의 근심은 오히려 깊어진다.
꽃이 피어 온 뜰이 향기로 가득해도,
봄바람이 버들가지를 희롱하며 흔들어도
모두 다 괴로움을 더해줄 뿐이다.
다시 오마 굳게 약속하고 떠난 님이
적막한 겨울이 지나고 이렇게 다시 봄이 찾아와도 소식조차 없다.
아침이 되어도 눈을 뜨기 싫고 한낮의 해는 길기만 하다.
밤은 밤대로 쓸쓸해 바스락 소리에도
님의 발소리인가 놀란 가슴이 된다.
야속해라. 백 년이 가도 변하지 말자더니,
그 약속은 어디로 갔단 말인가?
꽃에 든 나비처럼 다정하던 그 마음이 이제는 멀리 날아 가버렸나?
안타까워라, 봄바람에 흔들리는 버들가지로라도
님의 마음을 붙들어 매어두고 싶구나.
수많은 저 실가지들을 꺾어다가 백 년이 가도 풀리지 않게
내 마음과 님의 마음 굳게 맺고 싶구나.

# 京師得家書 경사득가서

## 금릉에서 집 편지를 받고

원개(袁凱 : 明)

江水三千里
강수삼천리

강물은 삼천리를 굽이굽이 흐르는데

家書十五行
가서십오행

집에서 보낸 편지는 다만 열다섯 줄.

行行無別語
행행무별어

편지글 한 줄 한 줄 다른 사연 없으니

只道早還鄉
지도조환향

오직 하나 전하는 말 어서 돌아오라 하네.

* 京師(경사) : 임금이 살고 있는 도읍
※ 원개(1316~?)가 활동한 원말명초(元末明初) 무렵은 1421년에 단행된 명(明)의 북경 천도 이전(以前) 시기이므로, 이 시(詩)에서의 경사(京師)는 명(明) 건국 당시의 도읍 금릉(金陵:오늘날의 南京)을 말함.
* 家書(가서) : 집에서 보내온 편지
* 行(행) : 줄
* 道(도) : 말하다

고향집에서 보내온 편지를 받고 반가워
봉투를 열고 한눈에 훑어본다.
사연을 찬찬히 읽기도 전에 우선 눈에 들어오는 건 짧은 편지글이다.
언뜻 아쉽고 서운한 마음이 스친다.
굽이굽이 수천 리를 흐르는 강물처럼 구구절절 긴 고향 소식을
기대했는데 편지라고 겨우 열다섯 줄이라니…….
그러나 서운한 마음은 곧 사라지고
무슨 말 쓰여 있나 궁금해 눈을 크게 뜨고 읽는다.
집 소식이나 다른 사연은 없고 그냥 어서 돌아오라는 말뿐이다.
골똘히 생각하며 몇 번을 읽는 동안 가슴이 먹먹해 온다.
어서 돌아오라는 한 마디 말에 묻어 있는 간절한 그리움이
그대로 뭉클 마음에 와 닿은 것이다.
간절한 마음으로 쓴 것이라면
굽이굽이 긴 편지든 몇 마디 짧은 편지든
읽는 이의 가슴을 흠뻑 적시고야 말지.
집에서 온 짧은 편지만큼이나 시 또한 짧고 간결하지만
여백에 배어나는 애틋한 정에
시를 읽는 이의 가슴도 촉촉이 젖는다.

## 送舊宮人入道 송구궁인입도

불문(佛門)에 들어가는 옛 궁인을 보내며　　　홍서봉(洪瑞鳳 : 朝鮮)


淨洗紅粧脫繡裙　　화장한 얼굴 맑게 씻고 수놓인 치마 벗으니
정세홍장탈수군

袈裟逈拂石壇雲　　가사(袈裟)자락 아득히 구름 돌단 스치겠네.
가사형불석단운

秋來岳寺多紅葉　　산사(山寺)에도 가을이면 단풍 곱게 들리니
추래악사다홍엽

莫把閒情惹世紛　　한가한 세속 정(情)으로 분란(紛亂) 일으키진
막파한정야세분　　　말게나.

---

* 繡(수) : 수놓다　　　　　　　　* 裙(군) : 치마
* 袈裟(가사) : 장삼(長衫) 위에 왼쪽 어깨에서 오른쪽 겨드랑이 밑으로 걸쳐 입는 중의 옷.
  범어(梵語) kasaya의 음역(音譯).
* 逈(형) : 멀다　　　　　　　　　* 拂(불) : 스치다. 다다르다
* 把(파) : 잡다. 가지다　　　　　* 惹(야) : 이끌다
* 紛(분) : 어지럽다. 헝클어지다

얼굴 화장 깨끗이 씻어내고 수놓인 치마 벗고서

홀홀이 대궐문을 나서는구나. 이제 저 산중으로 들어가면,

구름 같은 풍성한 머리도 밀어버리고 가사 자락 스치며

아득히 구름 아래 돌단을 오르내리겠지.

부처님께 정성을 올리고 일심으로 수행(修行)하며

청정한 비구니의 새 삶을 살게 되겠지.

하지만 그 길이 결코 쉬운 길은 아니리.

못다 버린 세속의 미련은 질긴 번뇌가 되어

때 없이 일어날 것이며,

눈에 보이고 귀에 들리는 유정(有情)한 만물은

그대 마음에 얄궂은 풍파를 일으킬 것이네.

그곳 산속 절집에도 봄이면 꽃 피고, 가을이면 단풍 곱게 들겠지.

산들바람에 꽃향기 실려 오고 단풍 숲에 새들은 지저귀겠지.

그래도 그대는 마음 설레어 하지 말게나.

세속에서처럼 한가롭게 그런 정에 마음을 뺏기면

고요한 산중생활에 분란이 일어난다네.

어차피 불문(佛門)에 몸을 의탁했거든 부질없는 세속 인정을

모두 버리고 참된 도(道)를 구해야 할 것이네.

부디 법열(法悅)을 얻어 이 생(生)의 무거운 사슬을 벗기 바라겠네.

생사(生死)에 걸림 없는 자유인이 되기를 바라겠네.

# 寒江獨釣圖 <sub></sub>한강독조도
## 겨울 강의 낚시꾼

당숙(唐肅 : 元)

非爲投竿爲好奇　　눈 오는 강을 보려고 낚싯배 띄웠다가
비위투간위호기

江寒凍折釣翁髭　　강바람에 얼어붙은 늙은이 수염 꺾이겠네.
강한동절조옹자

緣知雪壓篷牕曉　　봉창 밖에 쌓인 눈이 새벽을 알려주니
연지설압봉창효

不載魚歸只載詩　　고기 없는 빈 배에 시만 싣고 돌아오네.
부재어귀지재시

---

* 寒江獨釣圖(한강독조도) : 겨울 강에 홀로 낚시하는 그림
* 投竿(투간) : 낚싯대를 드리우다
* 好奇(호기) : 새롭고 기이한 것을 좋아하다
* 髭(자) : 코밑 수염
* 凍折(동절) : 얼어서 꺾이다
* 篷(봉) : 뜸(※띠·부들 같은 풀이나 대를 엮어 만든 배의 덮개)
* 篷牕(봉창) : 뜸을 덮어놓은 배에 낸 창문. 선창(船窓)
* 緣(연) : 연유하다. 말미암다

저문 하늘에 펄펄 눈이 내린다.

허공을 가득 채우며 유유히 하강하는 희고 부드러운 겨울 손님.

반가워 설레며 밖으로 나가 맞노라니, 문득 눈 내리는 강의 풍경이
보고 싶어진다. 시인은 마음에 이는 흥을 누르지 못해 배를 타고
강으로 나간다. 애당초 고기를 낚으려는 것이 아닌지라
낚싯대도 드리우지 않은 채 그저 강물 위에 떠 있다. 문적문적 내리는
눈 속에 홀로 배를 타고 하는 눈 구경, 이 또한 별스런 겨울 정취다.
하지만 그것도 잠시. 옷섶을 파고드는 눈 섞인 강바람에 얼마 못 가
온몸은 얼어붙고 수염마저 꺾어질 듯 뻣뻣하다.

덮개를 들치고 배 안으로 들어가 등불을 켠다. 추위가 얼마간 녹고
마음은 고요히 가라앉는다. 봉창으로 어두워지는 하늘을 물끄러미
바라보며, 시를 낚을 긴 장대를 도도(滔滔)한 상념의 강물 속으로 던져
넣는다. 어느 결엔가 스멀스멀 시상(詩想)이 일고, 번뜩이는 시어(詩語)들
이 날렵하게 유영(游泳)하더니 마침내 장대 끝에 입질이 온다.

찌릿한 설렘이 일파만파(一波萬波) 강물에 번진다.

얼마가 지났는지 봉창 밖으로 희미하게 흰 눈이 보인다.

새벽이 오는 줄도 모르고 늙은 시인은 흔들리는 등불 아래 밤새 시(詩)를
낚은 것이다. 뱃전에 쌓인 눈 위로 어슴푸레한 여명(黎明)을 보고서야
물위에 미끄러지듯 고깃배를 저어 나간다. 가슴 가득 환희를 안고서 고기
없는 빈 배에 은빛 비늘의 고기보다 더 펄떡이는 시를 싣고 돌아온다.

어느 시절이던가?

고기 대신 '무심한 달빛만 싣고' 빈 배 저어 온 사람도 있었더랬지.

# 溪亭偶吟 <sub>계정우음</sub>

## 솔바람 소리 시끄러워

허장(許嶹 : 朝鮮)

野老無營不出門
야로무영불출문

시골 늙은이 일 없어 문 밖에도 나가지 않고

鉤簾終日坐幽軒
구렴종일좌유헌

발 걷고 종일토록 시냇가 정자에 앉았네.

胸中自爾心機靜
흉중자이심기정

가슴속이 여여(如如)하니 심기도 고요해

竹雨松風亦厭喧
죽우송풍역염훤

솔바람 대빗소리도 시끄러워 싫다네.

---

* 溪亭偶吟(계정우음) : 시냇가 정자에서 우연히 읊다.
* 營(영) : 경영하다. 꾀하다
* 鉤(구) : (갈고리에)걸다
* 胸(흉) : 가슴
* 自爾(자이) : 자연(自然)
* 靜(정) : 고요하다
* 厭(염) ; 싫어하다
* 喧(훤) : 떠들썩하다. 시끄럽다

경영할 일이 없는 시골 늙은이라 문 밖에 나갈 일도 없어
마당 너머 시냇가 정자에 종일토록 앉아 있다.
대발을 걷어 올리고 햇살 아래 흐르는 맑은 시냇물을
한가로이 바라보노라니 마음이 물을 따라간다.
이끼 낀 자갈을 쓰다듬고 얕은 물속에 파릇파릇
흔들리고 있는 물풀을 스치며 흘러간다.
그러다 발랄(潑剌)한 몸짓으로 떼 지어 헤엄치는
물고기를 따라 기분 좋은 물의 감촉을 느껴보기도 한다.
무릇 흐르는 물은 그 생동하는 기운으로 보는 이의
가슴속 정체(停滯)를 흔들어 소통케 하고,
그 지극한 순리(順理)로 사람의 본성을 일깨우나니.
활연(豁然)해진 가슴속이 여여(如如)한 그대로라,
고요히 가라앉은 마음이 한없이 편안하다.
이에 아무것도 더할 것이 없다.
이 소중한 정일(靜逸)을 깨뜨리는 것이라면, 솔바람 소리나
댓잎에 떨어지는 빗소리조차도 듣기 싫은 소음(騷音)으로 들리리라.
솔숲을 불어오는 바람 소리나 댓잎에 떨어지는
빗소리의 맑은 운치를 싫어함이 아닐 것이다.
한적한 곳에 그윽이 앉아 고요 속에 침잠(沈潛)하는
본연의 순일(純一)함에 아무것도 더하고 싶지가 않은 것이리라.

# 春晩 춘만

## 봄이 저물다

진화(陳澕 : 高麗)

雨餘庭院簇莓苔
우여정원주매태

비 온 뒤 뜰 안은 파란 이끼로 덮이고

人靜雙扉晝不開
인정쌍비주불개

정적 속에 사립 두 짝 낮에도 닫혀 있네.

碧砌落花深一寸
벽체낙화심일촌

이끼 낀 섬돌 위에 한 치나 쌓인 낙화

東風吹去又吹來
동풍취거우취래

봄바람에 이리저리 불려갔다 불려오네.

---

* 簇(주) : 모이다. 떨기로 나다
* 莓苔(매태) : 이끼
* 扉(비) : 문짝
* 砌(체) : 섬돌

봄이 저물고 흥청거리던 꽃 잔치도 파하려는데,
지난번 내린 비로 뜰 안은 촉촉한 초록 융단을
깔아 놓은 듯 이끼로 덮였다.
주인은 아직 봄잠에서 깨어나지 않았는지
이끼 밟고 거니는 발소리 하나 없는데,
사립문 밀고 찾아오는 손님도 없다.
사립이 닫혀 있는 시골집은 한낮의 정적에 싸이고
이끼 낀 푸른 섬돌 위에 낙화는 한 치나 쌓여 있다.
쌓인 꽃잎을 굳이 쓸어낼 까닭도 없으니,
심심한 봄바람이 저쪽 가로 쓸어 갔다가
다시 이쪽으로 쓸어 오게 두면 된다.
담장 밖으로 뻗은 수양버들 가지들도 바람 따라
흥에 겨워 춤추고 있으니 그 또한 제멋에 맡기면 그만이고.
한낮이 이울도록 나른한 햇살만이 주인 없는 뜰 안에 가득하다.

어느 해 봄이라도 좋으리.
낙화 쌓인 섬돌을 무심히 밟는 시골집 주인이 되어,
이끼 파란 뜰을 향해 방문일랑 열어두고
그 속에서 게으른 낮잠을 즐기리.
산들바람이 불어 들어 깨울 때까지.

# 述志 <sub>술지</sub>
## 한가한 삶

길재(吉再 : 高麗)

臨溪茅屋獨閒居　　시냇가 띠풀 집에서 홀로 사는 한가한 삶
임계모옥독한거

月白風淸興有餘　　청풍(淸風)에 명월(明月) 있으니 흥취가 남음이 있네.
월백풍청흥유여

外客不來山鳥語　　바깥손님 찾지 않고 산새만 지저귀는데
외객불래산조어

移床竹塢臥看書　　대숲에 책상을 옮겨 누워서 책을 읽는다.
이상죽오와간서

---

* 述志(술지) : 뜻을 말하다
* 臨(림) : 임하다
* 移(이) : 옮기다
* 竹塢(죽오) : 대나무가 우거져 있는 언덕

절조 높은 선비는 세상이 어지러우면 스스로 뜻을 지켜

강호에 몸을 의탁하기를 꺼리지 않는다.

맑은 물가에 터를 잡고 띠풀로 오두막을 엮어 그 속에서 세상을 잊고

유유자적(悠悠自適) 할 줄 안다. 절조와 바꾼 부귀영화란 애초에

마음 둔 적 없으니 가난도 일 없음도 두려울 리 없다.

오히려 맑은 바람 밝은 달의 주인이 되어 한가한 흥취에 마음이 넉넉하다.

날이 가고 계절이 깊어져도 찾아오는 손님은 없는데, 오늘따라 지저귀는

산새 소리가 유난히 귓전을 울려 방 안에서 책을 읽다 밖으로 나온다.

새소리 따라 바람을 따라 대나무 그늘 시원한

집 뒤의 언덕으로 책상을 옮겨 본다.

책상에 앉아 책을 읽자니 상쾌한 기분이 가슴속에 차오른다.

벌렁 뒤로 누워 대숲의 맑은 공기를 깊이 들이마시고는

누운 채로 다시 책을 읽는다.

앉아도 괜찮고 누워도 괜찮다. 눈을 감고 있어도 좋고 책을 읽어도 좋다.

어쩔 수 없어 처하게 된 가난과 무료함은 괴롭지 않기가 어렵지만,

스스로 택한 가난과 한가함은 여유로운 청빈(淸貧)이요,

흥취 있는 유한(幽閒)이다.

야은(冶隱) 길재는 고려 말 성균관 박사로 관직에 몸을 담았으나

조선 건국 후 고려의 신하로서 절조를 지켜 벼슬을 버리고

고향 선산(善山)으로 내려왔다. 그곳에서 초옥을 짓고

후진을 가르치며 한가한 삶을 살았는데 그 무렵에 지은 시로 보인다.

초야에 묻혀 유유히 한거(閒居)함으로써,

의(義)를 잃은 세상과 함께 하지 않겠다는 자신의 뜻을 말하고 있다.

아담한 목선(木船) 한 척을 장만해 먼 바다로 나가고 싶던 꿈이 있었다. 그 바다는 어쩐지 좋았다. 푸른 유리 같이 매끄럽게 빛나는 잔잔한 수면의 평온(平穩)함도, 거침없이 솟아올라 산처럼 무너져 내리는 성난 파도의 통렬(痛烈)함도 그냥 좋았다.

그 아래 한없이 펼쳐져 있을 바다 밑 세상은 나에겐 아스라한 동경(憧憬)의 세계였다. 세월이 흘러 아담한 목선의 꿈은 나뭇잎 같은 조각배가 되어 그 바다 위에 둥실 떠 있다. 바람 없는 날이면 나는 작고 가벼운 나뭇잎배를 저어 나의 바다에서 노닌다. 미숙한 자맥질로 물속으로 숨어들어, 기화요초(琪花瑤草)에 정신을 팔며 가슴 떨리는 희열을 맛보기도 한다.

번역과 감상이란 어차피 객관에 바탕을 둔 주관적인 작업인지라, 필요한 경우에는 당연히 객관성을 확보하려는 노력을 다했지만, 그 밖의 부분에서는 혹 지나칠지도 모를 나의 주관을 크게 의식하지 않았다. 바라기로는, 그런 나의 주관이 다른 사람의 그것과 겹치는 부분이 많았으면 한다.

상품(上品)의 마른 미역은 물에 담가두면 얼마 지나지 않아 이들이들 몇 배로 불어나, 방금 바닷물 속에서 건져낸 듯 싱싱한 모습과 향을 되찾는다. 한시를 감상하노라니 왠지 미역국을 끓이며 감탄하곤 했던 미역의 그런 변신이 생각났었다.

생각해보니 뜬금없어 보이는 그 연상(聯想)도 그런대로 까닭이 없지 않았다. 한시 또한 읽는 이의 감성(感性)과 오성(悟性)에 불려지면, 고도(高度)로 함축되어 있는 정서(情緒)와 이야기들이 싱싱하고 풍성한 모습으로 되살아날 수 있다는 점에서 그런 연상을 하게 된 것 같다.

어쨌거나 오늘의 꽃자리는 거두어졌다. 간절히 바라건대 그 자리가, 아득한 후인(後人)의 사모하는 영혼이 세월을 건너 옛 시인의 오롯한 시심(詩心)에 다가가 기쁘게 공명(共鳴)하는 장(場)이 되었으면 좋겠다.

미흡한 원고를 눈여겨 봐 주신 어문학사에 감사드린다. 원고를 읽어주시고 격려와 조언(助言)을 아끼지 않으신 지인(知人)들께도 지면을 빌어 다시 한 번 고맙다는 인사를 드린다.

아울러 원전(原典) 자료 확인 과정에 많은 도움을 주신 영남대학교 한문학과 청와(靑窩) 박대현 선생님과, 머뭇거리는 나를 컴퓨터 앞으로 이끌어 졸고를 쓰게 된 계기를 마련해 주신 동(同) 학과(學科) 경언(景彦) 한해혈 선생님께 깊이 감사드린다.

그리고 이제 이 책을 묶어내기까지 여러모로 많은 힘이 되어준 나의 첫 독자인 남편과 함께 그간의 노고를 씻어낼 짧은 여행을 준비하려 한다.

2011년 첫여름
浦項 梨洞에서 辛京珠

옛 우물에서 길어 올린 오늘의 詩情

# 물속엔 산꽃 그림자

**초판 1쇄 발행일**  2011년 7월 20일
　**2쇄 발행일**  2011년 8월 20일

**지은이** 신경주
**펴낸이** 박영희
**편집** 이은혜 · 김미선
**책임편집** 김혜정
**펴낸곳** 도서출판 어문학사
　　　　132-891 서울특별시 도봉구 쌍문동 525-13
　　　　전화: 02-998-0094 / 편집부: 02-998-2267
　　　　홈페이지: www.amhbook.com
　　　　트위터: @with_amhbook
　　　　블로그: 네이버 http://blog.naver.com/amhbook
　　　　　　 다음 http://blog.daum.net/amhbook
　　　　e-mail: am@amhbook.com
　　　　등록: 2004년 4월 6일 제7-276호

**ISBN** 978-89-6184-118-4  93800
**정가** 12,000원

이 도서의 국립중앙도서관 출판시도서목록(CIP)은 e-CIP홈페이지(http://www.nl.go.kr/ecip)와
국가자료공동목록시스템(http://www.nl.go.kr/kolisnet)에서 이용하실 수 있습니다.
(CIP제어번호: CIP2011002849)